Helmut Christian Kattmann

Lichtsammler & Schattenspringer

Das ist erst der Anfang

Copyright: © 2021 Helmut Christian Kattmann

Umschlag & Satz: Erik Kinting
www.buchlektorat.net

Verlag und Druck:
tredition GmbH
Halenreie 40-44
22359 Hamburg

978-3-347-42612-2 (Paperback)
978-3-347-42613-9 (Hardcover)
978-3-347-42614-6 (e-Book)

Bibliografische Information der Deutschen Nationalbibliothek:
Die Deutsche Nationalbibliothek verzeichnet diese
Publikation in der Deutschen Nationalbibliografie;
detaillierte bibliografische Daten sind im Internet über
http://dnb.d-nb.de abrufbar.

Für Rieke...und mich!

Vorsichtig schlich er sich durch das kleine Waldstück und blieb am Ende des schmalen Trampelpfades hinter einer mächtigen Eiche stehen. Bis hierhin hatte ihn die Nacht geschützt. Geduckt und mit schnellen Schritten überquerte er den gepflasterten und beleuchteten Weg. Dann war er wieder in der Dunkelheit verschwunden. Etwas außer Atem kauerte er sich zwischen die Blütenhecke und die Außenwand des Gebäudes, das er in den letzten Tagen beobachtet hatte. Er war kurz davor, sein Ziel zu erreichen. Zwei Hunde bellten im nahegelegenen Wohnhaus. Hatten ihn die Hunde gehört oder seine Nähe gespürt? Er hielt den Atem an. Diese Nacht war die letzte Möglichkeit, seinen Auftrag auszuführen. Es durfte nichts schiefgehen. Nochmals war ein Bellen zu hören. Dann kehrte Ruhe ein. Erleichtert atmete er aus und verließ sein Versteck. Nach nur wenigen Schritten stand er vor der Eingangstür des ausspionierten Gebäudes. Er nahm eine alte, rostige Taschenlampe aus der Jackentasche und schaltete sie ein. Um die Vorderseite hatte er ein Tuch gewickelt, sodass nur gedämpftes Licht auf das Türschloss fiel. Als Nächstes nahm er aus derselben Tasche einen Dietrich und versuchte, damit so leise wie möglich die Tür zu öffnen. Wenige Augenblicke später hatte er das einfach konstruierte Schloss geknackt. Er huschte in das Gebäude. Nur noch eine weitere Tür trennte ihn von seinem Ziel. Er prüfte diese. Unverschlossen. Doch bevor er sie öffnete, tastete er nach dem kleinen Umschlag in seiner Hosentasche.

Erst als er diesen spürte, drückte er die Klinke herunter und schob die Tür langsam auf. Trotz Jacke spürte er die Kälte. Er ging weiter in den Raum hinein. Nach wenigen Schritten hielt er inne. Einer von beiden musste es sein.

Er zögerte. Was er als nächstes tun sollte, behagte ihm ganz und gar nicht. Doch die Drohung seines Auftraggebers war unmissverständlich gewesen, es gab kein Zurück. Er musste es tun. Jetzt. Mit einem Ruck hob er den Deckel zu seiner Linken an und schob ihn beiseite. Fehlanzeige. Er fluchte. Dann wendete er sich nach rechts und wiederholte den Vorgang. Dieses Mal stimmte alles mit dem Bild, das ihm gezeigt worden war, überein. Er holte den verschlossenen Umschlag aus seiner Hosentasche und riss ihn mit klammen

Fingern auf. In dem Umschlag befand sich eine Spielkarte.

„Was ist das denn?", entfuhr es ihm schaudernd, als er sah, was für eine Figur darauf abgebildet war. Schnell platzierte er die Spielkarte, wie es ihm befohlen worden war. Sein Auftrag war erledigt und er verließ umgehend den Raum.

Kaum hatte er die Tür hinter sich geschlossen, löste sich die Figur langsam aus der Karte und verschwand.

Kälteeinbruch

Lars und Rune schliefen tief und fest, als sie an ihrem ersten Sommerferientag von einem Muhen unter ihrem Fenster geweckt wurden.

„Rune, bist du wach?"

„Nein", kam es murrend aus dem oberen Bett zurück. „Und hör auf mit diesem albernen Muhen. Ich will noch schlafen."

„Das bin ich nicht."

„Klar, wer sonst? Das Muhen ist doch viel zu nah", entgegnete Rune.

„Eben", Lars sprang aus dem Bett und ging ans Fenster. „Die Kühe stehen ja auch direkt vor unserem Haus."

„Hä? Sind die ausgebrochen?", fragte Rune nun schon etwas wacher.

„Scheint so."

Da sprang Rune ebenfalls aus dem Bett und sagte: „Na, dann treiben wir sie mal zurück auf die Weide. Es werden ja wohl die von Kaspers sein?!"

„Okay, ich ziehe mir nur schnell etwas an."

Doch Rune ging, ohne auf Lars zu warten, nur in Unterhose grinsend zur Tür hinaus: „Komm, es ist Sommer und die Kühe haben definitiv weniger an."

Lars und Rune schlichen sich, um ihre Eltern nicht zu wecken, aus dem Haus und trieben die

Kühe nach und nach durch ihren Garten zurück auf die Weide, die direkt an ihr Grundstück grenzte. Dann verschlossen sie das Gatter, das die Kühe aufgedrückt hatten.

„Lars, hier liegt etwas." Rune bückte sich und zeigte ihm, was er gefunden hatte.

„Na toll, eine rostige Taschenlampe", antwortete Lars.

„Aber schau mal, die ist vorne mit Stoff umwickelt. Die leuchtet so doch gar nicht richtig. Wer macht denn so etwas?", fragte Rune.

Lars zuckte mit den Schultern: „Keine Ahnung, lass uns reingehen."

Zurück im Haus legten sie sich in ihrem Ferienzimmer nochmal ins Bett. Normalerweise hatten sie getrennte Zimmer, aber in diesem Zimmer stand ihr altes Etagenbett, und in den Ferien quartierten sie sich dort gerne ein. Doch obwohl sie durch die Kühe schon gegen sechs Uhr geweckt worden waren und eigentlich hätten ausschlafen können, konnte keiner von ihnen so recht zur Ruhe kommen. Nach einer Viertelstunde gaben sie den Versuch auf, nochmal einzuschlafen. Sie verließen ihre Betten und deckten den Frühstückstisch. Danach weckten sie ihre Eltern und erzählten ihnen von den Kühen und der Taschenlampe.

„Jungs, ich glaube nicht, dass ihr einem Verbrechen auf der Spur seid", sagte ihr Vater lauthals und amüsiert gähnend. „Mit so einer Methode suchen Angler nachts Würmer zum Angeln."

„Der Meyer angelt aber nicht und Deiks sind gleich gestern nach der Schule in den Urlaub gefahren. Sonst wohnt keiner in der Nähe der Weide", erwiderte Lars.

„Na, vielleicht hat Herr Meyer Besuch und der will angeln."

„Oder euer Vater irrt sich und es war doch ein Einbrecher, der euch während der Sommerferien auf Trab halten will", fügte ihre Mutter mit einem recht müden Augenzwinkern an.

„Ja, das wäre vielleicht doch besser als meine Anglertheorie", seufzte ihr Vater. „Denn ich habe gestern leider erfahren, dass kein anderer Pastor die Urlaubsvertretung übernehmen kann. Wir werden dieses Jahr daher wahrscheinlich nicht in den Urlaub fahren können."

Lars und Rune schauten sich enttäuscht an.

„Warum kann man die Leute nicht bitten, am Sonntag zuhause oder in einer anderen Kirche zu beten, wenn Papa mit uns im Urlaub ist?", fragte Rune.

„Ach kommt. Ihr wisst ganz genau, dass ein Pastor nicht nur am Sonntag arbeitet. Allein die zwei Beerdigungen nächste Woche…", antwortete ihre Mutter.

Und ihr Vater fügte hinzu: „Blast nicht gleich Trübsal. Wer weiß schon, was alles in den Ferien passieren wird. So, und nun gibt es erst mal Frühstück."

Mehr als unzufrieden gingen Lars und Rune nach dem Frühstück in den Garten. Am kleinen Gartenteich setzten sie sich in den Strandkorb, den ihr Vater als Erinnerung an einen wunderschönen Urlaub in Greetsiel gekauft hatte.

„Das werden ja tolle Ferien", sagte Rune.

„Ja, ist zu befürchten, dass die nächsten Wochen nicht der Hit werden. Hoffentlich fahren nicht alle anderen weg und wir sind die einzigen hier und langweilen uns zu Tode", kam es ebenso frustriert von Lars.

„Nee, alle sind bestimmt nicht weg. Schumis bleiben mit Sicherheit wegen der Ernte hier. Die können gar nicht weg", sagte Rune.

„Stimmt. Cool. Dann…", entfuhr es Lars etwas zu euphorisch und er biss sich flugs auf die Lippen.

Feixend schlug ihm Rune auf die Schulter:

„Wenn ich den Satz für dich vollenden darf…dann ist Brit ja auch die ganzen Ferien da."

Mit gespielter Entrüstung schlug Lars die Hand

seines Bruders weg, konnte ein Grinsen aber nicht unterdrücken: „Los, jetzt fahren wir erst mal zum Flohmarkt nach Hoya."

„Okay, und danach ins Freibad?"

„Abgemacht. Sag mal, hast du eigentlich Putzi und Blacky heute schon gesehen?", fragte Lars, während er sich aus dem Strandkorb erhob.

„Nee, nachdem sie heute Nacht so gebellt hatten, habe ich sie weder gehört noch gesehen", antwortete Rune.

Etwa eine halbe Stunde später klapperten sie mit ihren Rädern über das Kopfsteinpflaster der Hoyaer Innenstadt. Der Parkplatz neben dem Farbgeschäft, den man zum Flohmarktareal umfunktioniert hatte, war bereits bis auf wenige freie Plätze gefüllt. Auch ihre Freunde Alpi, Jan und Ecke waren schon da und sie schlossen sich ihnen an. Zu fünft schlenderten sie ziellos umher und stöberten an den verschiedenen Ständen.

"Hey Rune!", Lars stupste ihn an. „Da hinten ist Rieke." „Ach, lass mich", sagte Rune unwirsch.

„Wie, ich dachte, du findest sie sooo süß?!", zog ihn Lars auf.

„Schon, aber ich werde nicht schlau aus ihr", antwortete Rune.

„Ach, du bist nur unsicher, weil sie besser Fußball spielt als du!", foppte Lars ihn schmunzelnd.

Rune verdrehte die Augen und stöberte lustlos
am nächsten Stand, allerdings ohne Rieke dabei
aus den Augen zu lassen.

Nach einer Weile und viel Rumblödelei trenn-
ten sich die Wege der Freunde. Lars und Rune
wollten gerade ins Freibad aufbrechen, als sie
ihren Schulkameraden Felix entdeckten, der ver-
spätet seinen Flohmarktstand aufbaute. Sie gingen
zu ihm und begrüßten ihn.

„Na, verschlafen? Der Flohmarkt läuft doch
schon seit zwei Stunden", fragte Rune.

„Nee, mein Opa ist gestern gestorben, und daher ist bei uns alles etwas durcheinander", antwortete Felix.

„Das tut mir leid. Das wusste ich nicht", sagte
Rune.

„Hättest du aber wissen können, schließlich
liegt er seit gestern bei euch in der Leichenhalle."

„Wie gesagt, tut mir leid für dich. Ich wusste
das wirklich nicht", betonte Rune und ließ gleichzeitig seinen Blick über Felix Verkaufsstand
schweifen:

„Und, was verkaufst du? Gibt es irgendetwas
Cooles, was wir für die Ferien gebrauchen könnten?"

„Eher nicht. Das sind hauptsächlich Sachen von meinem verstorbenen Opa", antwortete Felix.

„Was, du verkaufst heute schon Sachen von deinem Opa, der erst gestern gestorben ist?", fragte Lars.

„Naja, er war ja zuletzt nur im Pflegeheim. Und das Haus sollte eh verkauft werden, da hatten wir halt schon begonnen, ein wenig verstaubten Klimbim zusammenzusuchen."

„Hört sich nicht sonderlich spannend an", seufzte Lars.

„Nö", antwortete Felix. „Außer, du findest es spannend, eine kleine Truhe mit unzähligen Verzierungen zu kaufen?! Es lag auch eine Karte dabei. Keine Ahnung, was die bedeuten soll."

„Was für eine Karte?", fragte Rune neugierig.

Felix gab ihm die Karte: „Hier. Schön, aber merkwürdig oder?"

„L&S", las Rune laut vor.

„Hä, was bedeutet L&S und was sind das für Zeichen?", wollte Lars wissen, der die Karte ebenfalls neugierig anschaute.

„Keine Ahnung, was die Zeichen bedeuten sollen. Wollt ihr die Truhe kaufen?", fragte Felix.

„Zeig sie erst mal", kam es etwas zögernd von Lars.

„Moment", Felix wühlte in seinen Flohmarktkisten. „Hier."

„Schön sieht sie zumindest aus", sagte Rune.

„Vielleicht als Geschenk zu Weihnachten für eure Eltern?", fragte Felix, der merkte, dass die Brüder so langsam anbissen.

„Es ist Juli! Da denk ich nicht an Weihnachten. Nee, lass mal. Nachher liegt in der Truhe das Gebiss deines Opas oder alte Socken von ihm", entgegnete Lars.

„Wer weiß, ich habe sie vorhin einfach eingepackt und vorher nicht reingeschaut. Was ist mit dir, Rune, willst du sie kaufen?", fragte Felix, der hoffte, etwas Geld zu verdienen.

„Ich nehme sie", antwortete Rune spontan und fragte Felix nach dem Preis. Nach kurzen Verhandlungen einigten sie sich und Rune bezahlte den vereinbarten Betrag.

„Nun schau wenigstens mal rein", forderte Lars Rune auf, der die Truhe unter seinen Arm geklemmt hatte.

„Wenn wir bei den Rädern sind. Nicht, dass da wirklich etwas Ekliges drin ist und wir ausgelacht werden."

Zusammen gingen Lars und Rune zurück zu ihren Fahrrädern. Dort angekommen bat Rune seinen Bruder, die Truhe zu halten, damit er die Hände frei hatte, um seine Packtasche zu öffnen. Lars nahm die kleine Truhe und schaute sie sich von allen Seiten genauer an. Er strich mit den

Fingern über die einzelnen Verzierungen und runzelte anschließend die Stirn: „Das ist jetzt echt mal interessant!"

„Was?", fragte Rune über sein Fahrrad gebeugt.

„Ist dir wohl gar nicht aufgefallen?", fragte Lars. „Die Truhe hat kein Schloss!"

Verwundert nahm Rune die Truhe an sich und untersuchte sie ebenfalls. Tatsächlich, kein Schloss, und die Truhe ließ sich auch nicht öffnen. Aber sie musste zu öffnen sein. Eine schmale Abstufung des Deckels zum unteren Teil war klar zu erkennen.

„Wirklich merkwürdig. Das schauen wir uns nachher genauer an", sagte Rune, und dann verstaute er die Truhe vorsichtig in seiner Packtasche und schwang sich in den Sattel.

„Komm, auf ins Freibad."

Sie genossen ihren ersten Ferientag im Freibad, und da sie zu keiner bestimmten Zeit zuhause sein mussten, blieben sie bis zum frühen Abend. Gerade, als sie gehen wollten, sahen sie Felix, der winkend auf sie zukam.

„Gut, dass ich Euch treffe."

„Wieso? Willst du die Truhe wiederhaben, weil sie doch eine kostbare Antiquität ist?", fragte Lars etwas spöttisch.

„Nein, nein. Ich habe aber erst beim Zusammenpacken der Flohmarktsachen eine kleine Schachtel entdeckt, die von den Verzierungen her zu der Truhe passen könnte."

Felix reichte Rune die kleine Schachtel: „Hier, für eine Portion Pommes gehört sie dir."

Rune schaute sich die Schachtel nicht näher an, sondern steckte sie gleich in seine Packtasche. Da sie zur Truhe zu passen schien, war sie ihm auch ohne nähere Betrachtung eine Portion Pommes wert. Er gab Felix das Geld und verabschiedete sich von ihm. Zuhause angekommen wollten sie sogleich zu ihrem Vater ins Büro gehen, um ihm die kleine Truhe mit den merkwürdigen Verzierungen zu zeigen, doch ihre Mutter fing sie im Hausflur ab und sagte mit ernster Miene: „Stört euren Vater nicht."

Die Brüder schauten sie fragend an, wurden aber ohne weiteren Kommentar Richtung Stube bugsiert. Erst dort fuhr ihre Mutter fort: „Die Kriminalpolizei ist hier."

„Warum, was ist passiert?"

„Es wurde eingebrochen."

„Wo? Wann?"

Die Antwort ihrer Mutter kam zögernd: „In der Leichenhalle, heute Nacht."

Das wurde ein spannender Abend für Lars und Rune. Ihre Mutter erlaubte ihnen nicht, in den

Hausflur zu gehen und an der Bürotür ihres Vaters zu lauschen. Doch ab und an gelang es ihnen, ihr zu entwischen. Allerdings war es ihnen kaum möglich, etwas vom Gespräch der Kriminalpolizei mit ihrem Vater zu erhaschen, da ihre Mutter sie immer wieder schnell zurückscheuchte. Drei Dinge hatten sie jedoch ganz deutlich gehört: alter Mann, Spielkarte und offener Sarg.

Sie löcherten ihre Mutter mit Fragen, um zu erfahren, was diese Worte bedeuten sollten. Aber sie wich ihnen beharrlich aus und gab nur auf die Spielkarte bezogen zu, dass eine gefunden worden war. Und zwar eine außergewöhnliche. Weder die Kriminalbeamten noch ihr Vater hatten jemals zuvor eine derartige Karte gesehen. Mehr konnte oder wollte sie nicht sagen. Lars und Rune hofften, ihren Vater später sehen und aushorchen zu können, aber daraus wurde nichts. Ihr Vater kam den ganzen Abend nicht mehr aus seinem Büro. Der ominöse Einbruch in die Leichenhalle beschäftigte sie auch noch lange, nachdem sie ins Bett geschickt worden waren. Sie grübelten über das Gehörte nach, bis sie darüber einschliefen.

Das Rätsel um die kleine Truhe ohne Schloss hatten sie derweil völlig vergessen. Doch es sollten nur noch wenige Stunden vergehen, bis die Truhe das Leben von Lars und Rune dramatisch verändern sollte.

Licht

Rune wälzte sich im Schlaf unruhig hin und her und träumte davon, dass er nachts auf einem Friedhof von einem großen Licht verfolgt werden würde. Mit einem Ruck wurde er wach: „Die Taschenlampe."

Rune kletterte aus dem oberen Bett, schaltete die kleine Schreibtischlampe an und suchte unter Lars Bett nach der Taschenlampe. Von dem Gewühl wurde Lars wach: „Was suchst du mitten in der Nacht?"

„Die rostige Taschenlampe."

„Wozu das denn?"

„Na, die könnte doch von dem Einbrecher stammen."

„Oh Mann, das hätte doch auch bis morgen Zeit gehabt. Die Taschenlampe liegt übrigens neben dem Fernseher."

Rune ging zum Fernseher und wollte gerade nach ihr greifen, als Lars zischte: „Nein, fass sie nicht an!"

Rune zuckte zurück und stieß dabei die kleine Schachtel vom Fernsehtisch, die er von Felix für eine Portion Pommes bekommen hatte.

„Warum soll ich die denn nicht anfassen?", fragte Rune.

„Wegen der Fingerabdrücke, du Amateur. Wenn die Taschenlampe tatsächlich dem Einbrecher gehört, verwischst du doch alle Spuren, wenn du sie anfasst."

„Selber Amateur. Wir haben die doch heute Morgen schon die ganze Zeit in der Hand gehabt. Aber gut, ich lasse sie liegen."

„Gut so, und jetzt geh wieder ins Bett. Ich will schlafen", grummelte Lars.

„Ja, ja, ich hebe nur schnell die Schachtel auf."

Rune bückte sich und hielt dann mitten in der Bewegung inne. Der Deckel der kleinen Schachtel war durch den Sturz aufgesprungen und aus dem Inneren leuchtete es. Zögernd hob Rune sie auf. Kaum hatte er sie berührt, kroch das goldfarbene Licht aus dem Inneren langsam über den Rand der Schachtel.

"Lars!"

Lars reagierte nicht, er war schon wieder eingeschlafen. Rune war unsicher, was er tun sollte. Er hielt die Schachtel vorsichtig in der Hand, ging damit zum Bett seines Bruders und setzte sich auf die Bettkante. Das Licht umströmte mittlerweile seine linke Hand und begann, seinen Arm entlang zu wandern. Fasziniert starrte er auf das Licht. Sein Herz pochte und schlug ihm bis zum Hals. Aber er hatte keine Angst vor dem Licht, sondern den Eindruck, dass das Licht ihn erforschte.

„Rune, mach endlich das Licht aus", grummelte Lars, der wieder wach geworden war.

„Ich bin das nicht", flüsterte Rune aufgeregt.

„Wer denn sonst", motzte Lars und drehte sich genervt um. Da sah auch er das Licht, das in dem Moment in Runes Herz eintauchte.

„Rune!", stieß Lars hervor und starrte seinen Bruder mit offenem Mund an. Dann sah er, wie sich das Licht aus Runes Herz zurückzog und in der Schachtel verschwand.

„Was war das denn?", wisperte Lars.

„Psst!", flüsterte Rune. „Es ist noch nicht vorbei. Die Schachtel vibriert ganz merkwürdig."

Und tatsächlich, wenige Sekunden später öffnete sich diese ganz von alleine. Lars und Rune schauten voller Spannung in die Schachtel. Doch sie war bis auf das Licht leer.

„Gib mal her", sagte Lars und nahm sie Rune aus der Hand, um besser hineinschauen zu können. Aber auch bei näherer Betrachtung sah er nur das Licht und gab sie Rune zurück. Rune war noch ganz in das schöne Gefühl versunken, das die Berührung des Lichts bei ihm ausgelöst hatte, und tauchte ohne weiter darüber nachzudenken einen Finger in die Schachtel. Kaum hatte er das Licht berührt, erschien in diesem eine Karte. Rune zog seinen Finger zurück und auf der Stelle verschwand diese wieder. Vorsichtig tauchte er ihn erneut hinein und die Karte erschien abermals.

Lars staunte als er die abgebildeten Symbole auf der Karte sah: „Ein Schlüssel, ein Pfau und eine Schlange, die von diesem Licht umhüllt wird. Was soll das denn bedeuten?"

„Keine Ahnung", antwortete Rune und nahm den Finger aus der Schachtel. Die Karte verschwand.

„Ist das vielleicht ein Rätsel, wie wir die Truhe ohne Schloss öffnen können?", fragte Lars.

„Die Truhe, natürlich!", rief Rune aufgeregt. „Auf der Truhe, die wir auf dem Flohmarkt gekauft haben, sind doch so viele Verzierungen."

Er sprang auf, holte die Truhe und setzte sich zu Lars auf das Bett.

„Hier, hier und hier", rief er aufgeregt, „hier sind überall Verzierungen. Tiere, merkwürdige Figuren und viele andere Gegenstände."

„Nicht so laut", sagte Lars, „oder willst du Mama und Papa aufwecken?"

Dann sah er sich die Truhe ebenfalls genauer an.

„Da, da ist ein Pfau abgebildet", rief er nun fast so laut wie Rune kurz zuvor. „Sieht aus, als würde er schlafen. Aber eine Schlange sehe ich nicht."

„Ich auch nicht", sagte Rune.

„Lass mich mal schauen", sagte Lars und wollte seinem Bruder die Truhe aus der Hand nehmen. Doch in dem Moment, als die Truhe über Runes Handinnenfläche glitt, spürte Rune, wo die Schlange war: „Die Schlange ist am Boden der Truhe."

Und tatsächlich, als er die Truhe umdrehte, sahen sie am Boden eine in sich zusammengerollte Schlange.

„Jetzt fehlt nur das Licht. Vielleicht das aus der Schachtel?"

„Kann sein, aber wie kommt das da raus und zu der Schlange?", fragte Lars.

„Vielleicht folgt es mir, wenn ich meine Hand ins Licht der Schachtel tauche und versuche, es zur Schlange zu führen", sagte Rune.

„Versuch es", forderte Lars ihn auf.

Rune hielt seine Hand in die Schachtel und nahm sie dann vorsichtig heraus, um das Licht zur kleinen Truhe und zur Schlange zu führen. Aber es folgte seiner Hand nicht.

„Und wenn du nur einen Finger hineinhältst?", schlug Lars vor. Rune versuchte es. Doch bevor er den Finger herausnehmen konnte, erschien eine Karte, auf der ein Herz abgebildet war, das eine Hand zu umarmen schien.

„Noch ein Rätsel", seufzte Lars.

„Aber ein einfaches", sagte Rune, dem augenblicklich bewusst wurde, was das Rätsel zu bedeuten hatte.

„Wieso einfach?"

„Das Gefühl, das ich vorhin hatte, als das Licht in mein Herz drang, war wie eine Umarmung von Mama, wenn sie mir zeigen will, wie lieb sie mich hat", antwortete Rune.

Lars schaute seinen Bruder an: „Und was hat das mit dem Rätsel zu tun?"

„Es ist in mir", sagte Rune und hielt sich die Hand aufs Herz.

„Was ist in...", weiter kam Lars nicht. Rune nahm seine Hand vom Herzen und Lars konnte sehen, wie sich das Licht über die gesamte Hand ausbreitete und um die Finger schlängelte.

„Wie hast du das gemacht?", fragte Lars staunend.

Rune lächelte. „Ich habe an Mamas Umarmung gedacht."

Dann führte er seine Hand unter die kleine Truhe und legte sie auf die Schlange. Lars und Rune warteten gespannt.

„Es passiert ja gar nichts", sagte Lars ungeduldig.

„Warte", flüsterte Rune aufgeregt. „Sie bewegt sich."

Und tatsächlich, die Schlange kroch erst unter Runes Hand und kurz darauf unter der kleinen Truhe hervor. An dem Bären und dem Luchs vorbei und weiter an vielen verschiedenen Dingen und Figuren, die sie teilweise nicht kannten, bis hin zum Pfau. Vor dem Pfau verharrte die Schlange. Es sah so aus, als würde sie mit ihm reden.

„Was macht sie da?"

„Sieht so aus, als würde sie versuchen, den Pfau zu wecken." Kurz darauf hob der Pfau tatsächlich den Kopf und schaute die Brüder direkt an. Dann stand er auf und legte den Kopf etwas schief, als würde er nachdenken.

Als sich nichts weiter tat, schaute Rune Lars fragend an: „Und jetzt?"

„Versuch, die Truhe zu öffnen."

Rune versuchte es, aber es funktionierte nicht.

„Versteh ich nicht", sagte Lars. „Licht, Schlange, Pfau, Schlüssel. Aber wo ist der Schlüssel? Auf der Truhe ist keiner abgebildet."

Da begriff Rune, was er zu tun hatte und berührte mit seiner im goldenen Licht strahlenden Hand den Pfau: „Ich bin der Schlüssel."

Und in dem Moment, als Rune den Pfau berührte, hob dieser seinen Kopf, verneigte sich und schlug ein großes Rad.

Rune zögerte einen Moment. Dann öffnete er die Truhe.

Tchil

Lars und Rune schauten gespannt in die Truhe und erblickten ein fremdartiges Wesen, das sie neugierig ansah.

„Was ist das denn?", fragte Lars verblüfft.

Rune wusste darauf keine Antwort und starrte weiter in die Truhe, wo das merkwürdige Wesen sich keinen Millimeter bewegt hatte und sie ebenfalls unverwandt ansah.

„Ob da noch mehr in der Truhe ist?", fragte sich Rune. „Die Truhe ist doch eigentlich viel tiefer."

„Stimmt, dieses Wesen da ist viel zu klein. Darunter könnte etwas sein. Vielleicht existiert ja ein doppelter Boden, so wie in deinem Buch mit den Zaubertricks. Greif doch mal rein und schau nach."

„Ich, wieso ich?", erwiderte Rune. „Wer weiß, was dieses Ding da dann mit mir macht?"

Bevor Lars etwas sagen konnte, hob das fremdartige Wesen einen Arm und aus diesem strömte kurz darauf das ihnen schon bekannte Licht. Es hielt direkt auf Lars zu, umschlängelte seine linke Hand und wanderte dann seinen Arm hinauf, bis es auch bei ihm im Herzen verschwand. Nach wenigen Augenblicken kehrte das Licht zum Wesen zurück.

„Wow", sagte Lars.

„War es so wie bei mir?", wollte Rune wissen.

„Es hat sich so angefühlt, wie, wenn ich zuerst vor etwas Angst habe und die Angst dann aber immer kleiner wird, weil Papa mir beruhigend über den Kopf streichelt und mich ganz lieb an sich drückt."

Überwältigt von diesem schönen Gefühl bemerkte Lars zunächst nicht, dass das Wesen in der Truhe sich wie zuvor der Pfau vor ihnen verbeugte. Erst, als es zu sprechen begann, blickte Lars zur Truhe.

„Lars und Rune. Ihr zwei sollt es also sein."

„Woher kennst du unsere Namen?", fragte Lars irritiert. „Und was sollen wir sein?"

„Und, warum siehst du eigentlich so merkwürdig aus?", murmelte Rune recht undeutlich, aber anscheinend doch verständlich genug.

„Ich sehe so aus, weil ihr mich so sehen wollt. Genau genommen, so wie mich Rune sehen wollte, weil er es war, der die Truhe geöffnet hat."

„Ich soll mir so etwas wie dich vorgestellt haben, bevor ich die Truhe öffnete?", fragte Rune ungläubig.

Seufzend schaute das Wesen an sich herab: „Ja, so ist es. Ich bin deinen Gedanken beziehungsweise deiner Phantasie entsprungen. Du kannst beim nächsten Mal gerne an etwas anderes denken. Ich sehe wirklich merkwürdig aus."

„Das heißt, wenn ich mir beim Öffnen der Truhe vorstelle, dass du aussiehst, wie, wie, keine Ahnung, wie unser Postbote, dann…"

Aber Rune musste nicht weiterreden. Das Wesen begann sich schon zu verwandeln und sah anschließend ganz genauso aus wie ihr Postbote. Rune stellte sich weitere Personen vor und staunte, als sich das Wesen danach zuerst in die Küsterin, darauf in den Zahnarzt und zum Schluss in ihren Mathematiklehrer verwandelte.

„So, nun ist es aber genug der Spielereien. Als euer ständiger Begleiter werden wir genug Zeit haben, uns kennenzulernen. Ich wollte euch nur zeigen, was theoretisch möglich ist, wenn jemand die Truhe öffnet", sagte das Wesen unvermittelt.

„Unser ständiger Begleiter? Bei was denn?", fragte Lars.

„Ihr wurdet vom Licht als neue…"

Das Wesen kam nicht mehr dazu, weiterzureden, weil der Truhendeckel unvermittelt zuschlug. Rune schaute Lars vorwurfsvoll an. „Pass doch auf!"

„Tschuldigung, ich bin mit dem Fuß drangekommen."

Rune nahm die Truhe, hielt seine Hand an sein

Herz und führte dann das Licht zum Pfau. Die Truhe ließ sich mühelos öffnen, und sogleich erschien auch das Wesen.

„Oh", entfuhr es Rune.

Lars grinste breit: „Vielleicht solltest du in Zukunft an jemand anderes denken, wenn du die Truhe öffnest. Du weißt, das Wesen nimmt die Gestalt an, an die du beim Öffnen denkst."

„Ja, ja", entgegnete Rune und starrte weiter fasziniert Rieke an, die in der Truhe vor ihm stand.

„Komm, denk an jemand anderes", forderte Lars ihn auf.

„An wen denn?" Rune wendete sich direkt an das Wesen: „Hast du kein eigenes Aussehen? Muss das sein, dass du die Gestalt annimmst, die ich mir vorstelle, wenn ich die Truhe öffne?"

„Nein, ich kann mich auch in etwas außerhalb deiner Gedanken verwandeln. Das gilt übrigens auch für deinen Bruder, der ja ebenso vom Licht akzeptiert wurde und die Truhe öffnen kann", erhielten sie von dem Wesen in der Gestalt von Rieke als Antwort.

Lars und Rune mussten nicht lange überlegen: „Dann nimm bitte eine Gestalt deiner Wahl an, wenn wir die Truhe öffnen, okay?"

Das Wesen war einverstanden und verwandelte sich darauf in etwas, das Konturen hatte wie ein

Mensch, der aus goldenem Licht bestand. Beide hatten so etwas noch nie gesehen.

„Krass", entfuhr es Lars, „was oder wer bist du?"

„Ich bin Tchil."

„Tchil? Was für ein merkwürdiger Name", sagte Lars.

„Und was bist du?", fragte Rune.

„Der Reihe nach. Am besten fange ich mit eurem Vorgänger an. Euer Vorgänger war ein alter Mann hier aus der Gegend. Wer er war, ist für euch nicht so wichtig. Natürlich…"

Doch Rune unterbrach Tchil: „In der Leichenhalle liegt der Opa von Felix. Ist das vielleicht der alte Mann von dem du redest? Die Truhe und die kleine Schachtel haben wir ja von Felix auf dem Flohmarkt gekauft."

„Er ist also mittlerweile gestorben", kam es nachdenklich von Tchil.

„Er ist es also tatsächlich?! Warum wusstest du nicht, dass er gestorben ist? Du bist doch anscheinend auch sein Begleiter gewesen oder?", wollte Lars wissen.

„Ja, ich war auch sein Begleiter. Aber wenn ich nicht aktiviert bin, erhalte ich keine Informationen aus eurer Welt. Die letzte Information, die ich hatte, war, dass er sehr krank war und keinen Nachfolger mehr bestimmen konnte."

„Dann war es also purer Zufall, dass wir die Truhe bekommen und geöffnet haben?", fragte Lars weiter.

„In der Leichenhalle wurde eingebrochen!", platzte es in dem Moment aus Rune heraus.

„Boah, welch Neuigkeit. Das weiß ich doch", entgegnete Lars gelangweilt.

Im Gegensatz zu Lars schien die Nachricht Tchil zu beunruhigen. Das Licht, aus dem er bestand, flackerte an den Rändern und er forderte sie umgehend auf, von dem Einbruch zu erzählen.

„Eigentlich wissen wir fast nichts. Es wurde halt eingebrochen und wir haben, als die Kriminalpolizei da war, an der Bürotür unseres Vaters gelauscht. Bis auf Wortfetzen wie 'alter Mann,, 'offener Sarg, und irgendetwas von einer Spielkarte haben wir nichts gehört."

„Was für eine Spielkarte?", drängte Tchil sie weiter zu erzählen.

„Das wissen wir nicht. Wir haben sie nicht gesehen und…" Rune hielt inne und lauschte. Im Flur wurde eine Tür geöffnet und es waren Schritte zu hören, die sich in Richtung ihres Zimmers bewegten.

„Mist, Mama und Papa sind wach geworden", sagte Rune.

„Nehmt die Schlafkarte. Wir sehen uns in ein paar Stunden."

„Welche Schlafkarte?", fragten die Brüder verständnislos.

Tchil erklärte ihnen in knappen Worten, dass es noch weitere Karten gab. Eine von diesen war die Schlafkarte. Sie sollten einen Finger in das Licht der kleinen Schachtel halten, an Schlaf denken und die erscheinende Karte aktivieren, indem sie sie berührten. Dann sollten sie an die Uhrzeit denken, zu der sie beide wach werden wollten. Lars schaute Rune fragend an. Doch Rune zuckte nur die Schultern und legte einen Finger in die Schachtel. Nachdem Rune Tchils Anweisungen befolgt hatte, wurden sie sogleich von einer bleiernen Müdigkeit ummantelt. Nur mit großer Anstrengung gelang es ihnen, die Truhe und die kleine Schachtel zuzuklappen und sich in ihre Betten zu legen. Als wenige Augenblicke später die Tür geöffnet wurde, befanden sie sich bereits im Tiefschlaf und bemerkten nicht, dass ihr Vater neugierig die Truhe betrachtete.

Doppelter Boden

Um Punkt sieben Uhr wurde Rune wach. Er war trotz weniger Stunden Schlaf ausgeruht und gut gelaunt. Er hatte von Rieke geträumt. Im Traum hatte sie Fußball gespielt und war so gut gewesen, dass die Jungen in den Hofpausen förmlich darum bettelten, dass sie bei ihnen mitspielte.

„Wie in echt", dachte Rune. Außerdem hatte Rieke ihm im Traum verschiedene physikalische Zusammenhänge erklärt. Sein Vater war bei denselben Themen vor kurzem an seinem Desinteresse gescheitert. Im Traum mit Rieke klangen die langweiligen Themen leichter und spannender. Rune seufzte. Würde er sich doch auch im wirklichen Leben trauen, so mit ihr zu sprechen. Seine Träumereien wurden von Lars abrupt unterbrochen: „Die Truhe ist weg."

Mit einem Satz war Rune aus dem Bett gesprungen und half Lars suchen. Aber auch er konnte die Truhe nirgends sehen.

„Das können doch nur Mama oder Papa gewesen sein."

Rasch gingen sie nach unten, um ihre Eltern zu suchen und nach der Truhe zu fragen. Sie fanden ihren Vater in der Küche am Tisch sitzend und atmeten erleichtert auf, als sie die Truhe direkt neben ihm stehen sahen.

„Moin Jungs, ihr seid aber schon früh wach, dafür, dass Ferien sind. Habt ihr etwas Besonderes vor?", begrüßte ihr Vater sie.

„Was willst du mit der Truhe, Papa?", fragte Lars ohne weiter auf ihn einzugehen.

„Ich war heute Nacht bei euch im Zimmer, weil ich dachte, Stimmen gehört zu haben. Da habe ich die Truhe gesehen."

„Und?"

„Nun, da habe ich sie mitgenommen", antwortete ihr Vater mit einem Schmunzeln.

„Und?"

„Sie ist sehr schön und ich möchte sie euch abkaufen. Daher das Geld neben der Truhe."

Erst da bemerkten sie, dass rechts und links neben der Truhe jeweils fünf Euro lagen.

„Sie ist unverkäuflich", sagte Rune deutlich.

„Ah, clever. Ihr wollt den Preis in die Höhe treiben. Gut, da es ein Geschenk für Mama werden soll, bin ich bereit jedem von euch zehn Euro zu geben. Letztes Angebot."

„Sie ist und bleibt unverkäuflich", sagte diesmal Lars ebenso deutlich wie Rune kurz zuvor.

„Jungs, das ist viel Geld und ihr wollt mir doch nicht erzählen, dass ihr auf so einen Mädchenkram mit Verzierung steht, oder?!"

„Rune will sie Rieke schenken", log Lars ohne

groß nachzudenken und bekam von Rune dafür prompt einen Tritt gegen das Schienbein. Ihr Vater sah den Tritt aus dem Augenwinkel und schien daher die Notlüge von Lars zu glauben. Mit einem Augenzwinkern sagte er zu Rune: „Du weißt anscheinend, was Frauen wollen. Das hast du von deinem Vater."

Lars verdrehte die Augen und nahm die Truhe: „Komm Rune, wir gehen aufs Zimmer. Du musst sie noch verpacken."

Sie waren schon auf dem Weg zur Tür, als ihr Vater sagte: „Ihr müsst euch nicht beeilen, Rieke kommt erst Dienstagnachmittag."

Lars und Rune blieben stehen.

„Wieso kommt Rieke zu uns?", fragte Rune.

„Genau genommen kommt sie zusammen mit ihren Eltern", antwortete ihr Vater.

„Und warum?", fragte Rune.

Ihr Vater lachte: „Vielleicht wollen sie schon mal wegen eurer zukünftigen Hochzeit mit mir sprechen?"

„Papa, das ist echt bescheuert", erboste sich Rune.

Lars lachte und sprang seinem Bruder bei: „Das war wirklich ein blöder Scherz, Papa. Rune traut sich ja nicht mal, richtig mit seiner großen Liebe zu reden."

„Toll, danke Lars. Das macht es echt besser", kam es trocken von Rune, der seine Neugierde aber nicht unterdrücken konnte: „Warum kommt sie wirklich, Papa?"

Ihr Vater trieb es nicht weiter auf die Spitze und antwortete: „Ihr wisst ja, dass manche Menschen nicht als Baby, sondern erst als älteres Kind oder als Erwachsener getauft werden. Rieke war bisher auch ungetauft, hat sich nun aber für die Taufe entschieden. Und deswegen wollen wir noch ein paar Details besprechen."

Damit schien Runes Neugier befriedigt zu sein und er ging mit Lars aus der Küche hinaus. Sie waren bereits um die Ecke gebogen und fast auf der Treppe, als ihr Vater ihnen hinterherrief: „Wie bekommt man die Truhe eigentlich auf? Sie scheint verkantet zu sein. Oder gibt es da einen Trick, den ich nicht begriffen habe?"

„Du musst…", aber weiter kam Lars nicht, da hatte Rune ihn kräftig in die Seite geboxt. Da ihr Vater sie nicht sehen konnte, bekam er davon nichts mit. Auch nicht davon, wie Rune Lars entgeistert einen Vogel zeigte, bevor er für Lars weitersprach.

„Du musst den Deckel nur etwas nach rechts drücken, dann hakt es nicht mehr und er geht auf."

„Aha", kam es nur von ihrem Vater. Rune zeigte Lars nochmals einen Vogel und dann verschwanden sie endgültig nach oben. In ihrem Zimmer angekommen, führte Rune seine Hand ans Herz und öffnete mit dem Licht die Truhe. Tchil erschien in seiner selbstgewählten Gestalt und kam sogleich auf den Punkt: „Ihr müsst jetzt gleich die Karte suchen, die in der Leichenhalle gefunden wurde und mir dann bringen."

„Und wenn sie bei der Polizei ist?", fragte Lars.

„Fangt doch bitte erst mal an zu suchen. Vielleicht ist die Karte ja hier, weil die Polizei sie nicht als Beweismittel mitgenommen hat", forderte Tchil sie auf. Und da beide spürten, wie wichtig Tchil die Suche nach der Karte war, wollten sie unverzüglich damit beginnen. Allerdings rief sie in dem Moment ihre Mutter zum Frühstück und es gab vorerst keine Gelegenheit, ihr Vorhaben umzusetzen. Sie verschlossen die Truhe also und gingen nach unten. Als sie am Frühstückstisch von ihrer Mutter hörten, dass ihr Vater mittlerweile schon in der Kirche war, um den Gottesdienst vorzubereiten, beeilten sie sich und begannen direkt nach dem Frühstück mit der Suche nach der Karte. Da sie dabei nicht von ihrer Mutter erwischt werden wollten, teilten sie sich geschickt auf. Rune half ihrer Mutter bei der Hausarbeit und lenkte sie somit gleichzeitig ab, damit Lars freie Bahn hatte. Da Lars und Rune sich im Büro und im Archiv ihres Vaters aufgrund zahlreicher heimlicher Erkundungen gut auskannten, fiel es Lars nicht schwer, die typischen Aufbewahrungsorte ihres Vaters systematisch zu durchsuchen. Doch eine Karte entdeckte er nicht. Die einzige Möglichkeit, die er sah, war die immer verschlossene oberste Schublade des Schreibtisches. Oft hatten Lars und Rune versucht, diese mit einem selbstgemachten Dietrich zu öffnen, aber nie war es ihnen geglückt. Daher hatte Lars wenig Hoffnung, dass es ihm ausgerechnet heute gelingen sollte, das Schloss zu knacken. Er wollte es aber wenigstens versuchen und den Dietrich holen, als er vor der Bürotür die Stimme seiner Mutter hörte: „Wo ist eigentlich Lars?"

„Oben. Warum?", kam es von Rune, der seiner Mutter eilig hinterhergegangen war, als diese die Küche verließ.

„Er soll nach dem Gatter schauen, ob Kaspers da was gemacht haben, damit die Kühe nicht nochmal ausbrechen können. Sag ihm das bitte, okay? Ich gehe jetzt auch gleich in die Kirche. Bis nachher also."

„Ist gut, ich sage es ihm."

Kurz darauf war ihre Mutter gegangen und Rune kam zu Lars ins Büro.

„Und, hast du die Karte gefunden?"

„Nein."

„Wahrscheinlich ist sie in der obersten Schublade im Schreibtisch, die wie immer verschlossen ist."

„Richtig, wollte gerade den Dietrich holen."

„Vergiss es. Die haben wir bisher nicht aufbekommen und werden es auch dieses Mal nicht schaffen. Lass uns zu Tchil gehen und ihn fragen, ob er eine Idee hat, wie wir an die Karte kommen."

Oben in ihrem Zimmer wollte dieses Mal Lars die Truhe öffnen, und es gelang ihm tatsächlich genauso wie Rune zuvor. Tchil hatte anscheinend schon ungeduldig gewartet, denn er fragte sogleich: „Und, habt ihr sie gefunden?"

„Leider nein. Wahrscheinlich ist sie im Schreibtisch im Büro unseres Vaters eingeschlossen", antwortete Lars.

„Dann müsst ihr Uch aktivieren", sagte Tchil.

„Uch, wer oder was soll das denn sein?"

„Uch ist ein Suchfinder und gehört zu den Karten, die euch in der kleinen Schachtel als Hilfe zur Verfügung stehen. Es ist wie mit der Schlafkarte. Sagt oder denkt Uch und die Karte wird auf dem Kartenstapel zuoberst erscheinen. Dann teilt ihr ihm mit, was ihr sucht. Ihr könnt auch einfach nur denken, was ihr sucht. Das spielt keine Rolle. Aber ganz wichtig ist: Sagt ihm, wie lange die Suche dauern soll. Denn er sucht sonst so lange, bis er das Gesuchte findet. Und solange er nichts findet…"

„…kommt er auch nicht zurück?", ergänzte Lars fragend.

Tchil nickte. Lars öffnete die kleine Schachtel und sprach den Namen Uch nicht laut aus, sondern dachte ihn nur. Umgehend erschien eine Karte, auf der eine Figur abgebildet war, die inmitten von unzähligen Dingen etwas zu suchen schien.

„Und ich soll der Karte einfach sagen, was sie suchen soll und wie lange?", fragte Lars ungläubig.

"Ja, weck ihn auf."

Lars zögerte, weil er keine Vorstellung davon hatte, wie das funktionieren sollte. Rune dauerte dies zu lange und er sagte: „Uch, wach auf."

Die Figur auf der Karte begann, sich zu bewegen, und als sie sich komplett aufgerichtet hatte, verneigte sie sich vor ihnen.

„Such die Spielkarte, die beim alten Mann in der Leichenhalle gefunden wurde. Wahrscheinlich befindet sie sich in der verschlossenen Schreibtischschublade bei unserem Vater im Büro. Du hast eine halbe Stunde Zeit. Dann kommst du zurück."

Kaum hatte Rune zu Ende gesprochen, verschwammen die Konturen von Uch. Er löste sich vor ihren Augen Stück für Stück auf, bis er ganz verschwunden war.

Staunend fragte Lars: „Er ist also unsichtbar, wenn er sucht?"

„Sagen wir so: Er passt sich der Situation an", antwortete Tchil.

„Alles klar", kam es ebenso knapp von Lars zurück.

Mehr fiel ihm dazu nicht ein, und er grübelte, was Tchil damit gemeint haben könnte.

Rune bemerkte dies: „Ich verstehe es auch nicht, und das ist nicht das einzige, was ich nicht verstehe."

„Genau", sagte Lars und an Tchil gewandt: „Und da wir gerade eh nur auf diesen Uch warten, könntest du doch bitte mal unsere Fragen beantworten."

Tchil nickte: „Gut, nutzen wir die Zeit. Wer euer Vorgänger war, wisst ihr ja bereits. Und dass euch das Licht einer Prüfung unterzogen hat, ob ihr geeignet seid oder nicht, konntet ihr euch ja mittlerweile selbst zusammenreimen, oder?"

„Was das auch immer für eine Prüfung gewesen sein soll", erwiderte Lars. „Und wozu sollen wir geeignet sein?".

„Das lässt sich nicht einfach in einem Satz erklären", sagte Tchil, und wie von Geisterhand verschwand im nächsten Moment der Boden unter ihm. Tchil stand in der Luft, als bräuchte er diesen überhaupt nicht, und der Blick wurde frei auf das Darunterliegende.

„Ha, wie ich es vermutet hatte", sagte Lars triumphierend, „ein doppelter Boden."

„Was sind das für Dinge unter dir?", fragte Rune.

„Nehmt sie heraus und schaut sie euch an."

Lars und Rune nahmen aus der Truhe zwei Ringe, zwei Armbänder, zwei kleine Kameras und zwei Kartenspiele.

„Was sollen wir mit den Karten? Solche haben wir selber."

„Sicher?" Tchil konnte sich ein Schmunzeln nicht verkneifen. „Berührt die zuoberst liegende Karte und sagt 'Zeigt euch'. Es reicht auch, dies nur zu denken. Wie ihr mögt oder die Situation es erfordert."

Lars und Rune schauten sich mit großen Fragezeichen in den Augen an. Dann forderte Rune Lars auf, es zu versuchen.

Lars legte neugierig einen Finger auf die Pik Sieben, die zuoberst lag und sagte: „Zeigt euch." Die oberste Karte verwandelte sich und zeigte einen leeren Raum, in dem sieben Stühle standen, und um diese herum lag ein Ring aus Licht.

Vorsichtig schob Lars die oberste Karte beiseite. Auch auf den nächsten Karten war keine Spielfarbe wie Herz, Kreuz, Pik oder Karo abgebildet, sondern weitere ihnen unbekannte Dinge und Figuren. Sie kamen aus dem Staunen nicht heraus. Alle Karten waren verwandelt und zeigten die unterschiedlichsten Abbildungen. Drei davon erkannten sie: die Schlafkarte, Uch und Tchil.

„Warum bist du auf einer der Karten?", wollte Rune von Tchil wissen.

„Weil ihr weder die Truhe noch die kleine Schachtel ständig mitnehmen könnt. In der kleinen Schachtel befindet sich übrigens ein weiteres identisches Kartenspiel."

„Man muss also die Karten immer dabeihaben?", wollte Rune wissen.

„Ja. Wenn ihr 'Rückzug' denkt oder sagt, verschwinden die Motive und nur die normalen Spielkarten sind zu sehen", sagte Tchil.

„Was bedeuten die Motive auf den Karten?", fragte Lars.

„Das werde ich euch nach und nach erklären. Ihr müsst euch nicht alles auf einmal merken. Ihr könnt mich jederzeit rufen und fragen. Ihr müsst die Karte, die ihr benötigt, auch nicht jedes Mal aus dem Stapel suchen. Berührt einfach den Kartenstapel und sprecht oder denkt den Namen der gesuchten Karte, dann erscheint sie zuoberst. Alle Karten und damit auch alle Figuren auf diesen Karten sind verpflichtet, euch jederzeit zu helfen."

„Was bedeutet diese Karte?", wollte Rune wissen.

„Das ist Coll. Coll ist der Sammler. Aber genug von den Karten. Es gibt mehr zu erklären. Zum Beispiel die Armbänder…" Weiter kam Tchil nicht, denn Uch erschien in ihrer Mitte und begann ohne Aufforderung sogleich zu sprechen:

„Ich habe die Karte gefunden. Sie ist tatsächlich in der verschlossenen Schublade."

„Da kommen wir aber nicht ran", sagte Lars.

„Das ist auch nicht nötig", erwiderte Uch ernst. „Ich habe gesehen, welche es ist. Es ist der Seelenhänger, und er hat die Karte bereits verlassen."

Der Fremde

Lars und Rune spürten, dass etwas Ernstes geschehen sein musste. Gespannt schauten sie Tchil an:

„Euer erster Einsatz kommt schneller als gedacht. Ihr müsst Spio zum alten Mann in die Leichenhalle bringen und sie dort unverzüglich aktivieren."

„Wer ist Spio?"

„Spio gehört zu euren Karten. Sie ist eine Kundschafterin. Und sie muss schleunigst herausfinden, ob der Seelenhänger aktiv ist."

„Was ist ein Seelenhänger?", wollte Rune wissen.

„Das erkläre ich euch, wenn wir da sind. Nehmt die Karten und geht zur Leichenhalle", antwortete Tchil.

„Das ist nicht so einfach, wie du denkst", sagte Lars. „Der Schlüssel für die Leichenhalle befindet sich in der Schublade, in der sich auch die Spielkarte befindet. Da kommen wir nicht dran."

„Das ist auch nicht nötig", antwortete Tchil. „Unter euren Karten befindet sich eine mit dem Namen Ür. Aktiviert diese vor der Leichenhalle und befehlt der Figur, das Schloss zu öffnen. Wenn ihr drinnen seid, holt ihr mich hervor."

„Und was ist mit ihm?", fragte Rune und zeigte dabei auf Uch, der weiterhin zwischen ihnen schwebte.

„Sein Auftrag ist erfüllt. Sagt ihm, dass er seine Position auf der Karte wieder einnehmen soll."

Nachdem Rune dies getan hatte, verwandelte er alle Karten mit dem Befehl „Rückzug" in ein unauffälliges Kartenspiel und schloss die Truhe: „Dann wollen wir mal. Auch wenn ich keinen Plan habe, was hier gerade passiert."

„Geht mir genauso", antwortete Lars, „Tchil, Uch, Spio, Ür und dieser Seelenhänger. Vielleicht sollten wir darüber erst mal mit Mama und Papa reden, bevor wir weitermachen."

„Bloß nicht. Die nehmen uns doch gleich alles weg. Warum musst du immer so ängstlich sein?!"

„Mann Rune, wir wissen doch beide nicht, was hier passiert. Das könnte echt gefährlich werden."

„Genau das Richtige für die Sommerferien, nicht wahr?", antwortete Rune.

Lars schaute Rune eindringlich an. Doch als er sah, dass es seinem Bruder ernst war und dieser keine sonderlichen Bedenken hatte, sich auf die Sache einzulassen, verdrehte er die Augen und nahm seine Karten:

„Was sagt Papa so gerne zu uns?"

„Denn sie wissen nicht, was sie tun", antwortete Rune mit einem breiten Grinsen und stand auf, um das Zimmer zu verlassen. Lars folgte ihm seufzend.

Sie verließen das Haus und gingen durch ihren Garten Richtung Friedhofskapelle, in die die Leichenhalle integriert war. Da ihr Garten an die Rückseite des Gebäudekomplexes grenzte, konnten sie sich auf diese Weise unbemerkt heranschleichen. Kurz vor ihrem Ziel blieben sie im Gebüsch hocken und spähten durch eine Lücke, ob die Luft rein war. Niemand war zu sehen. Rune stupste Lars an und flüsterte: „Es ist niemand da. Lass uns anfangen." Lars holte die Karten hervor, berührte die oberste und flüsterte: „Zeigt euch."

Das nach außen hin ganz normal wirkende Kartenblatt verwandelte sich und es kamen die zum Teil rätselhaften Motive zum Vorschein. Dann sagte er ebenso leise „Ür", und die verlangte Karte erschien zuoberst. Lars nahm sie und wollte gerade aus dem Gebüsch kriechen, um sie zu aktivieren, als sich die Tür zu den Toiletten für die Friedhofsbesucher öffnete, die sich direkt nebenan im selben Gebäude befand. Hastig zog ihn Rune zurück. Aus der Tür trat ein Mann, den sie nie zuvor gesehen hatten. Und anstatt nach links zurück zum Friedhof zu gehen, wandte dieser sich nach rechts und blieb vor der Doppeltür stehen. Mehrmals schaute er sich um, bevor er langsam etwas aus seiner Hosentasche nahm und damit im Türschloss herumstocherte. Wenige Sekunden später öffnete er die Tür und verschwand in der Leichenhalle. Die Brüder schauten sich mit großen Augen an.

„Kennst du den?", fragte Lars so leise, dass es kaum zu verstehen war.

„Nein, was macht der da?"

„Keine Ahnung. Und jetzt?"

„Lass uns Tchil um Rat fragen."

Mittlerweile etwas vertrauter im Umgang mit den Karten aktivierten sie Tchil, der sich sogleich umschaute und fragte, wo sie sich befanden. Lars und Rune erzählten, was passiert war und fragten ihn, was sie tun sollten. Tchil überlegte und entschied erst mal abzuwarten, obwohl ihm anzumerken war, dass es ihn drängte, lieber früher als später zu wissen, was sich hinter der Tür abspielte. Sie mussten auch nicht lange warten, bis der unbekannte Mann herauskam und ohne die Tür richtig hinter sich zuzuziehen, gemächlichen Schrittes davonging. Kaum war er außer Sichtweite, forderte Tchil sie auf, das Gebüsch zu verlassen. Da die Tür unverschlossen und nur angelehnt war, konnten Lars und Rune direkt hineingehen, blieben aber im Vorraum zur Leichenhalle stehen. Ihnen war deutlich anzumerken, wie sehr es sie gruselte, in den nächsten Raum zu gehen.

„Warum müssen wir da eigentlich rein?", fragte Rune.

„Ich befürchte, dass der unbekannte Mann von ihnen geschickt wurde, und ich weiß nicht, was sie vorhaben", antwortete Tchil.

„Von wem soll der Mann geschickt worden sein?", fragte Lars.

„Von den Angstsäern", sagte Tchil.

Mehr sagte er nicht und mahnte zur Eile. Mit noch größerem Unbehagen als zuvor näherten sich die Brüder ein, zwei Schritte der Tür, hinter der der Opa von Felix und eine weitere Person lagen. Sie waren mittlerweile so nah an der Tür, dass sie die Kälte spüren konnten, die aus dem Nebenraum durch die Tür drang. Sie wussten nicht, ob sie wegen der Kälte oder aus Angst zu zittern begannen. Lars und Rune schauten sich an und es war klar, dass sich keiner von beiden trauen würde, die Türklinke zu drücken und in den nächsten Raum zu gehen. Lars wandte sich an Tchil: „Eigentlich sind wir nicht so ängstlich und wir waren da auch schon mal drin. Aber…"

„Aktiviert Uch", sagte Tchil ohne weiteren Kommentar.

Erleichtert blickten sich Lars und Rune an, aktivierten Uch und beauftragten ihn, in der Leichenhalle nach einer Karte oder anderen Dingen zu suchen, die dort nicht hingehörten, Zeitlimit fünf Minuten. Es dauerte keine zwei Minuten und Uch kehrte zurück. Er hatte keine weitere Karte und auch sonst nichts Ungewöhnliches finden können. Tchil forderte die beiden Brüder daher auf, als nächstes die Kundschafterin Spio zu aktivieren. Er erklärte ihnen, dass sie herausfinden würde, wie weit der Seelenhänger bereits gekommen war und ob es weitere Anzeichen der Angstsäer gab. Im Gegensatz zu Uch würde sie aber von sich aus zurückkehren und bräuchte kein Zeitlimit. Rune aktivierte Spio, die sich ebenso verneigte, und übermittelte ihr den besprochenen Auftrag. Ebenso wie Uch löste sie sich in Sekundenschnelle in Luft auf und war verschwunden.

„Verneigen sich die Figuren eigentlich jedes Mal vor uns, wenn wir sie aktivieren?", wollte Rune wissen.

„Nein, nur bei der ersten Aktivierung durch einen von euch. Als Ehrerbietung und als Einverständnis, euch zu dienen. Ich befürchte übrigens, dass es länger dauern wird, bis Spio zurückkehrt. Lasst uns die Zeit daher nutzen."

Lars und Rune waren einverstanden. Sie wollten aber lieber woanders warten und nicht hier,

nur durch eine Tür von den dahinterliegenden Toten getrennt. Tchil lehnte dies aber ab, weil Spio
nur an ihren ursprünglichen Ausgangspunkt zurückkehrte, wenn sie vorher keine anderen Informationen bekommen hatte. Lars murrte, weil Tchil
ihnen dies nicht vorher gesagt hatte und sie jetzt
dableiben mussten.

„Ist doch nicht schlimm", beschwichtigte Rune
seinen Bruder. „Spio ist bestimmt gleich hier."

„Das ist mir egal. Mir ist kalt." sagte Lars mau-
lend und blätterte lustlos den Kartenstapel durch,
den er noch in der Hand hielt. Als er eine Figur
entdeckte, die die unterschiedlichsten Sachen
gleichzeitig zu tragen schien, tippte er auf die Karte und fragte Tchil:

„Du hast doch gesagt, dass wir die Zeit nutzen
wollen. Dann erklär mir doch bitte mal diese Karte."

Der Name der Karte war Takei. Takei, erklärte
Tchil, würde ihnen alle Dinge, von allen Orten
dieser Welt bringen. Egal, was es sei und wo sich
diese befänden.

Staunend betrachtete Lars die Karte. Und ohne
Tchil weiter zuzuhören, weckte er die Figur und
forderte sie auf, seine Sommerjacke zu holen. Takei verneigte sich, aber anstatt wie die anderen
Figuren den Befehl auszuführen, blieb er regungs-

los stehen. Lars wiederholte seinen Auftrag, aber die Figur schaute ihn nur an und bewegte sich nicht.

„Was ist los? Ich habe der Karte einen Auftrag gegeben, aber sie rührt sich nicht. Muss man diese Karte hier anders handhaben?", fragte Lars.

„Nein, und hättest du mir zu Ende zugehört, wüsstest du, warum Takei nicht auf deinen Wunsch reagiert hat", antwortete Tchil. "Takei holt ausschließlich Dinge, die in einer Notlage helfen oder Gefahren im Vornherein verhindern würden."

Enttäuscht akzeptierte Lars, dass ein wenig Frieren wohl keine echte Notlage war und deaktivierte die Karte.

„Vielleicht sollten wir bis Spio wieder da ist die einzelnen Karten durchgehen, damit wir genau wissen, was die alles können und was nicht?"

„Ich denke, dass wir zuerst grundsätzlichere Dinge klären sollten, bevor wieder etwas dazwischenkommt. Wie zum Beispiel die kleinen Kameras, die Ringe und die Armbänder, die ebenfalls in der Truhe sind."

Lars und Rune nickten und lauschten gespannt, was Tchil ihnen zu erzählen hatte: „Wenn ihr nachher ins Haus zurückkehrt, nehmt ihr die Armbänder und Ringe und legt sie an. Ihr müsst diese von nun an ständig bei euch tragen. Auch die kleinen Kameras. Denn ihr könnt mit diesen Gegenständen Menschen in seelischen Notsituationen helfen."

„Aber was ist denn daran so besonders? Unser Vater ist als Pastor ja auch gleichzeitig Seelsorger und hilft Menschen mit seelischen Problemen. Wie oder wieso sollten wir diesen Menschen helfen können?", fragte Lars.

„Wenn jemand aufgrund einer seelischen Notlage zu eurem Vater kommt, muss er auf das vertrauen, was ihm über die Ursachen der jeweiligen Sorgen erzählt wird. Euer Vater hört aber nur das, was gesagt wird und sieht nur denjenigen, der vor ihm ist. Seine Gesichtszüge, die Traurigkeit in den Augen beispielsweise. Natürlich verfügt euer Vater auch über eine gewisse Erfahrung, um eventuell einen Blick hinter das zu erhaschen, was er hört oder sieht. Ihr jedoch könnt mit den Gegenständen aus der Truhe und den Karten viel mehr."

Hier unterbrach Tchil und schaute die Brüder eindringlich an, so als müsse er sich vergewissern, dass sie bereit für das waren, was er zu sagen hatte.

„Was können wir?", hakte Rune auffordernd nach.

„Ihr werdet in die Seelen der Menschen springen und unmittelbar erfahren können, was in ihnen vorgeht."

Schattenspringer

„Wir werden was?" Lars konnte nicht fassen, was er soeben gehört hatte.

„Ihr werdet direkt in die Seele eines Menschen blicken können und erfahren, was in ihm vorgeht und wie ihr ihm helfen könnt."

„Wie soll das möglich sein?", fragte Rune.

„Wenn ihr die Armbänder, die Ringe und die Kameras an euch genommen habt, zeigen euch die Armbänder an, ob sich in eurer Umgebung ein Mensch in seelischer Not befindet und sich oder andere gefährdet."

„Wie soll das funktionieren?", wollte Lars wissen.

„Ein Armband besteht aus mehreren einzelnen Bändern in unterschiedlichen Farben. Je nach Situation erwärmt sich das jeweilige Band und die dazugehörige Farbe beginnt zu leuchten. Außer Schwarz natürlich. Weil die Farbe Schwarz nicht leuchten kann, erwärmt sich diese nur. Erwärmt sich also das schwarze Armband, bedeutet dies, dass sich die Person in höchster seelischer Not befindet. Sie ist dann aber nicht für sich selbst eine Gefahr, sondern für andere. Leuchtet beispielsweise das rote Band, ist die Person ebenfalls in höchster seelischer Not, gefährdet aber in diesem Fall nur sich selbst. Es gibt natürlich auch andere Farben, wo nicht so eine akute Notlage besteht."

„Und wie wissen wir, um wen es sich handelt, wenn mehrere Personen in der Nähe sind?"

„Wenn ein Band aufleuchtet, nehmt ihr mit der Kamera ein Bild von den Personen in eurer Nähe auf. Auch wenn ihr nur eine einzelne Person seht, macht ihr dennoch ein Foto. Auf dem Display der Kamera könnt ihr euch anschließend die Bilder ansehen. Ihr erkennt die gefährdete Person daran, wie ihre Aura leuchtet. Die Farben der Aura sind dieselben wie bei dem Armband."

„Hä, was ist eine Aura?", wollte Rune wissen.

„Vereinfacht ausgedrückt ist die Aura eine Art Licht, das den Menschen in verschiedenen Farben wie eine zweite Haut umgibt. Es kann nur eine Farbe, es können aber auch mehrere sein. Du kannst anhand dieser Farben erkennen, wie es einem Menschen geht."

„Das erinnert mich doch stark an die Dinge, über die Edi spricht", spottete Lars ein wenig.

„Wer ist Edi?", wollte Tchil wissen.

„Edi ist unsere Homöopathin. Die hat auch so einen Hang zu esoterischen Themen", sagte Rune.

„Ich habe keinen Hang zu esoterischen Themen. Ich bin Tchil! Und ich versuche euch zu erklären, wie ihr anderen Menschen, die sich in see-lischer Not befinden, helfen könnt", wies sie Tchil zurecht.

„Und wie können wir helfen, wenn wir dann wissen, um welche Person oder Personen es sich handelt?", fragte Lars.

„Ihr wurdet auserwählt, Schattenspringer zu sein, um in den Seelen der Menschen die Stellen zu suchen und zu finden, die verborgen im Schatten liegen. Die Stellen, wo das Licht nicht hin-reicht."

„Mit Stellen, die im Schatten liegen, meinst du die Erlebnisse der Menschen, weswegen sie trau-rig sind oder Angst haben?", fragte Lars.

„Ja, Prägungen jeglicher Art, Erlebnisse, Ge-danken, Gefühle, alles, was einen Menschen im Innern ausmacht", antwortete Tchil.

Rune runzelte die Augenbrauen.

„Hat das etwas mit dem Kürzel 'L&S' zu tun, das auf der Karte stand, die zur Truhe von Felix gehörte? Steht das 'S' für Schattenspringer?"

Tchil lächelte und nickte.

„Schattenspringer können also in die Seele der Menschen springen und ihnen bei ihren seelischen Problemen helfen? So wie unser Vater von außen hilft, helfen wir dann von innen? Meinst du das so?", fragte Rune.

„Ja. Schattenspringer sind in der Lage, denen, die kurzfristig oder dauerhaft im Schatten leben, zu helfen, indem sie die Ängste direkt in der Seele bekämpfen. Die Menschen können somit wieder ganz aus dem Schatten hervortreten oder zumindest lernen, mit ihren Ängsten zu leben", antwortete Tchil.

„Nehmen wir die Karten bei den Sprüngen mit?"

„Stopp mal, stopp mal. Das geht zu schnell für mich", fuhr Lars dazwischen. „Was machen Schattenspringer denn genau in den Seelen und wie gefährlich ist das?"

„Ich weiß, dass das alles neu für euch ist, und würden sich die Ereignisse nicht überschlagen, hätte ich mir natürlich mehr Zeit genommen, um euch in Ruhe auf alles vorzubereiten. Diese Zeit haben wir aber nicht. Folgendes müsst ihr dennoch wissen: Ihr springt bis auf wenige Ausnahmen alleine. Derjenige, der nicht springt, kann auf einem Bildschirm das gesamte Geschehen beobachten und somit schneller und besser mögliche Gefahren erkennen."

„Was für Gefahren sind das?", wollte Lars wissen.

„Die Angstsäer werden versuchen, euch Fallen zu stellen, um zu verhindern, dass ihr die Seelen der Menschen aus den Schatten befreit. Daher dient es bis auf Weiteres eurer eigenen Sicherheit, dass ihr nicht gemeinsam springt. Solltet ihr zu zweit in eine dieser Fallen tappen, wäret ihr mit hoher Wahrscheinlichkeit verloren."

„Was heißt verloren?" fragte Lars, und es sah so aus, als würde er die Antwort am liebsten gar nicht wissen wollen.

„Ihr könntet ohne Hilfe von außen nicht in diese Welt zurückkehren", antwortete Tchil ernst.

„Okay, das war es für mich. Das 'L' in 'L&S' steht wahrscheinlich auch für lebensmüde", sagte Lars und ging Richtung Ausgang.

„Nein, Lars, das bedeutet das 'L' ganz bestimmt nicht, und außerdem müsst ihr niemals etwas tun, dem ihr euch nicht gewachsen fühlt. Niemals."

„Prima. Ich hatte auch nicht vor, mein Leben zu riskieren. Für…"

Lars hielt inne, als er sah, dass Tchil einen Finger auf seine Lippen legte und ihm bedeutete, ruhig zu sein.

„Was ist?", flüsterte Lars.

„Ich höre Schritte vor der Tür. Schnell, deaktiviert mich und versteckt euch."

Sie deaktivierten Tchil und krochen rasch unter den Sargwagen, der als einziges Versteck in Frage kam. Durch die Tücher, die zu allen Seiten des

Wagens herunterhingen, waren sie sicher vor Blicken geschützt, konnten aber gleichzeitig auch nicht sehen, wer im Raum war, noch was derjenige dort machte. Kurz darauf ging die Tür auf und sie hörten Schritte, die sich in ihre Richtung bewegten, einen Moment innehielten und sich dann sogleich wieder entfernten. Erleichtert stupste Rune Lars an. Doch dieser reagierte nicht, sondern spähte durch einen kleinen Spalt der Tücher Richtung Leichenhallentür: Spio schwebte vor dieser und schaute sich suchend um. In dem Augenblick, als auch Rune Spio entdeckte, hörten sie die Stimme von Peter, dem Friedhofsgärtner: "Was ist das denn?"

Lars und Rune hielten die Luft an.

„Ach, das muss das Ersatzteil für den Rasenmäher sein. Hier hat Thea es also hingestellt."

Weiter sagte Peter nichts, und sie atmeten erleichtert auf, als sie hörten, wie wenig später die Außentür ins Schloss fiel. Umgehend verließen sie ihr Versteck, und nachdem sie Tchil aktiviert hatten, berichtete Spio, was sie gesehen hatte: „Er ist nicht mit aufgestiegen. Er hält sie fest."

Lars fragte irritiert: „Wer hält wen fest?"

Tchil erklärte es ihnen: „Normalerweise hängt sich ein Seelenhänger an die Seele des Verstorbenen, wenn diese den Körper verlässt und ins Licht

59

aufsteigt. Genaugenommen hängt der Seelenhänger sich an den silbernen Faden, mit dem die Seele am Körper verbunden war, und versucht auf diesem Wege, unbemerkt ebenfalls ins Licht zu gelangen. In diesem Fall ist es aber so, dass er die Seele am Aufsteigen hindert."

„Das mit dem silbernen Faden und dass die Seele ins Licht aufsteigt, wissen wir von Edi. Aber von einem Seelenhänger hat sie nie etwas erzählt. Sind die gefährlich?", wollte Rune wissen.

„Es sind meistens nur kleine und schwache Seelenhänger, die versuchen, mit der Seele aufzusteigen. Die großen und starken würden zu schnell entdeckt werden", beruhigte Tchil sie.

„Wozu wollen die Seelenhänger überhaupt mit aufsteigen oder die Seele festhalten?", fragte Lars.

„Seit das Universum besteht versuchen die Angstsäer, die Quelle des Lichts ausfindig zu machen und zu zerstören. Die Seelenhänger, die versuchen mit aufzusteigen, sind nichts weiter als Spione, die eben diese Quelle ausfindig machen wollen. Dass sie die Seele festhalten, passiert nur selten. Erfahrungsgemäß sind sie zu schwach, um die Seele länger als ein paar Tage aufzuhalten."

„Und wozu wird die Seele des alten Mannes festgehalten?", wollte Lars wissen.

„Genau das sollten wir herausfinden. Unter euren Karten gibt es eine Art Kalender. Dort werden wichtige Termine vermerkt, zum Beispiel die Lichtringtage. Ruft die Karte 'Calendra' auf und schaut nach, wann der nächste ist."

Als sie die Karte Calendra aktiviert hatten, sahen sie den Eintrag.

„Diesen Mittwoch ist der nächste Lichtringtag. Und was bedeutet das?", wollte Rune wissen.

„An diesen Tagen bilden alle verstorbenen Schattenspringer zusammen einen Lichtring, um so die Verstecke der Angstsäer sichtbar zu machen. Die aktiven Schattenspringer können dadurch die Angstsäer in ihren Verstecken aufspüren und vertreiben."

„Die Angstsäer leben nicht nur in den Seelen der Menschen, sondern auch außerhalb davon?", fragte Rune.

„Richtig. Und deshalb muss der Lichtring regelmäßig durchgeführt werden."

„Aber ist es so schlimm, wenn nur einer der verstorbenen Schattenspringer fehlt?"

„Ja, wenn nur ein einziger von ihnen fehlt, kann der Lichtring nicht geschlossen werden. Die Seele des alten Mannes muss daher bis spätestens Dienstagabend von dem Seelenhänger befreit werden! Denn wenn dies nicht gelingt, können die Angstsäer solange ungehindert im Verborgenen wirken und großen Schaden anrichten, bis der nächste Lichtringtag stattfindet. "

„Heißt das, dass wir das machen sollen?", protestierte Lars: „Du hast gesagt, wir müssen nichts tun, was wir nicht wollen! Außerdem gibt es doch noch andere Schattenspringer, wenn ich dich richtig verstanden habe. Sollen die das doch machen!"

„Das ist richtig, Lars...", beschwichtigte Tchil ihn.

Doch bevor er weiterreden konnte, fiel Rune ihm ins Wort: „Ich mache es."

Lars wurde bleich und starrte Rune an: „Du willst in die Seele eines Toten springen?"

Angstsäer

Lautes Donnern ließ Rune und Lars zusammenzucken. Ein Sommergewitter hatte sich zusammengebraut und die ersten Tropfen fielen auf das Dach der Leichenhalle.

„Komm, Rune, lass uns verschwinden. Ich will nicht während des Gewitters hier drinnen sein. Vielleicht kühlt dich der Regen ja etwas ab. Du hast sie doch nicht mehr alle, wenn du wirklich vorhaben solltest, in die Seele eines Toten zu springen."

Sie deaktivierten Spio, doch als sie mit Tchil dasselbe machen wollten, hob dieser abwehrend die Hand: „Ihr müsst mich nicht permanent aktivieren und deaktivieren."

„Aber wenn wir dich so mitnehmen, wirst du doch viel zu leicht entdeckt", sagte Rune.

„Das muss nicht sein. Wie ihr wisst, kann ich meine Gestalt verändern."

„Ja, du hattest uns gesagt, dass du beim Öffnen der Schachtel die Gestalt annimmst, die wir uns vorher bewusst oder unbewusst vorgestellt haben."

„Genauso ist es. Das funktioniert aber auch außerhalb der Schachtel."

„Entschuldige bitte, aber da müssten wir etwas

an deiner Größe arbeiten. Angenommen, du nimmst die Gestalt unseres Postboten an, wäre das nicht gerade glaubwürdig. Du hast ja nicht mal Zwergenformat", witzelte Lars.

„Probiert es aus und verändert meine Größe. Es reicht, wenn ihr euch die Größe vorstellt, ihr müsst es nicht laut aussprechen."

Und tatsächlich konnte Lars ihn zuerst auf Menschengröße wachsen und danach mühelos auf etwa die Größe einer Zwei-Euro-Münze schrumpfen lassen. In dieser Größe ließ Lars ihn schließlich auch in seiner Hosentasche verschwinden. Anschließend gingen sie durch den stärker werdenden Regen nach Hause. In ihrem Ferienzimmer holte Lars Tchil aus seiner Hosentasche. Er setzte ihn auf den Schreibtischstuhl und schaute ihn intensiv an. Kurz darauf verwandelte sich Tchil in ihren Freund Jan. Er hatte nicht nur dieselbe Größe wie ihr Freund, er sah auch exakt so aus. Begeistert stellte Rune fest: „Cool, jetzt können wir uns mit Tchil mehr oder weniger ganz normal unterhalten, ohne dass jemand Verdacht schöpft."

„Ja, cool, aber wie kannst du so gut gelaunt sein? Hast du schon vergessen, dass du dich eben in der Kapelle dazu bereit erklärt hast, in die Seele eines Toten zu springen?"

„Beruhige dich, Lars", sagte Tchil, der nicht nur aussah wie ihr Freund Jan, sondern sogar mit dessen Stimme sprach. „Niemand muss in die Seele des alten Mannes springen. Sie muss lediglich vom Seelenhänger befreit werden, damit sie aufsteigen kann."

Lars atmete erleichtert auf und stellte mit einem Blick auf Rune fest, dass dieser nicht sonderlich verwundert wirkte.

„Du hast es gewusst?", fragte er ihn. Rune zuckte nur beiläufig mit den Schultern.

„Trotzdem brauchen wir deine Hilfe, Lars", wandte sich Tchil an ihn. „Rune sollte beim ersten Mal nicht allein sein."

„Und wie soll das deiner Meinung nach ablaufen?", wollte Lars wissen, dem anzusehen war, dass er sich mit der ganzen Situation nach wie vor nicht wohl fühlte. „Was nicht heißen soll, dass ich dabei bin."

„Fakt ist, dass die Seele spätestens bis Dienstagabend befreit worden sein muss und dass Rune …"

Völlig unerwartet öffnete sich in dem Moment die Tür. Lars und Runes Mutter schaute hinein und blickte mit Verwunderung geradewegs auf Jan. Die Brüder schauten sich überrumpelt und unsicher an. Wirkte Tchil in der Tarnung als Jan genauso so täuschend echt auf ihre Mutter wie auf sie?

„Ich habe mich doch gerade noch mit dir und deiner Mutter vor der Kirche unterhalten. Wie bist du so schnell hier hereingekommen?"

Lars und Rune wussten nicht, was sie sagen sollten.

„Ich bin doch in unserer Klasse der schnellste Hundertmeterläufer, Frau Brinkmann. Das passt schon", log Tchil.

„Aber, wie bist du…"

„Ich bin hinten rein, nicht vorne. Deswegen haben sie mich nicht gesehen", log Tchil überzeugend weiter.

Ihre Mutter schüttelte verwirrt den Kopf und fragte: „Bleibst du zum Mittagessen?"

„Nein, danke. Ich muss gleich nach Hause."

„Okay. Kinder, in etwa zehn Minuten gibt es Mittagessen. Kommt dann bitte runter."

Als sie wieder allein waren, fragte Tchil Lars, ob er Rune helfen würde, die Seele von Felix Opa vom Seelenhänger zu befreien oder ob sie sich um andere Hilfe bemühen müssten. Rune schaute Lars grinsend an: „Nun komm schon, du Feigling."

„Ich bin kein Feigling", widersprach Lars. „Aber wir haben ja nicht mal einen Plan, wie man den Seelenhänger bekämpfen kann."

Rune grinste abermals: „Das heißt, du würdest mitmachen, wenn wir einen Plan hätten, großer Bruder?"

Lars war nicht im Ansatz davon überzeugt, das Richtige zu tun, wollte seinen Bruder aber auch nicht alleine lassen. Schweren Herzens sagte er: „Ja, einer muss ja auf dich aufpassen."

Rune drückte ihn und ein Lächeln huschte über Tchils Gesicht: „Den Plan erkläre ich euch nach dem Mittagessen. Jetzt legt eure Armbänder und Ringe an und nehmt auch die Kameras."

Rune nahm die Sachen ohne zu zögern an sich, während Lars eher verhalten und skeptisch danach griff. Tchil ließen sie verkleinert, aber in seiner eigenen Gestalt in Runes Hosentasche verschwinden. Dann gingen sie nach unten. Das Mittagessen war wie immer köstlich, wenn ihre Mutter etwas von ihrem Lieblingskoch zubereitete. Und es blieb kein Krümel für ihre Hunde Putzi und Blacky übrig, die, schlecht erzogen, wie sie waren, um den Tisch schlawinerten und ab und an vor Begierde kurz aufbellten. Mit vollen Bäuchen saßen die Brüder am Tisch und starrten zufrieden vor sich hin.

„Das werden spannende Ferien", seufzte Rune ohne darüber nachzudenken, dass sie nicht alleine im Raum waren. Lars blickte Rune entgeistert an und trat ihm unter dem Tisch ans Schienbein.

Auch ihre Eltern horchten auf und ihr Vater fragte: „Ach ja? Gestern Morgen klang das ganz anders. Was ist in der Zwischenzeit passiert, dass du so zuversichtlich bist?"

Rune schluckte und blickte Lars hilfesuchend an. Aber Lars war nach dem Essen zu träge im Kopf, um eine schnelle Antwort parat zu haben. Rune schaute, um den Blick seines Vaters auszuweichen auf seine Hände und zuppelte an dem Armband: „Du sagst doch selbst, dass man nie zu früh die Hoffnung aufgeben darf."

„Sicher, das betone ich immer wieder."

„Naja, mehr wollte ich damit eigentlich auch nicht ausdrücken", flunkerte Rune. Doch sein Vater hatte das Thema wie es schien schon abgehakt und schaute auf das Armband, an dem Rune immer noch herumspielte. Mit einem Augenzwinkern fragte er: „Hast du das Armband von Rieke bekommen?"

Wieder wurde Rune auf dem falschen Fuß erwischt. Doch seine Mutter half ihm nichts ahnend aus der Patsche: „Du nun wieder. Wie du siehst, haben beide eines. Wäre doch Quatsch, wenn Lars das gleiche von Rieke bekommen hätte."

„Das stimmt natürlich. Und wie ich sehe, sind nicht nur die Armbänder neu und identisch", merkte ihr Vater an und zeigte auf Lars Ring:

„Erst die Schmuckkiste, nun die Armbänder und die Ringe. Jungs, was ist los? Ich könnte schwören, dass das vor wenigen Tagen noch als ziemlich uncool und mädchenhaft gegolten hätte."

„Es sind ja auch keine Mädchensachen", sagte Lars. „Die Armbänder können bei Gefahr leuchten. Mit dem Ring kann man auf gewisse Art und Weise zaubern und mit den zwei kleinen Kameras kann man Unsichtbares sichtbar machen."

Dieses Mal war es Rune, der Lars unter dem Tisch einen ordentlichen Tritt ans Schienbein verpasste. Doch Lars schaute ihn ganz ruhig an, als hätte er einen Plan und wüsste genau, was er tat. Und tatsächlich, ihre Mutter schluckte den Köder ohne Bedenken: „Kinder, ich bewundere euch um eure blühende Phantasie. So ausgestattet können die Ferien natürlich nur spannend werden."

Und damit stand sie auf und begann den Tisch abzuräumen. Lars und Rune erhoben sich ebenfalls von ihren Stühlen und halfen ihr. Aber nicht nur, weil sie gut erzogen waren, sondern auch, weil sie sich dem fragenden Blick ihres Vaters entziehen wollten. Sie hatten nämlich beide bemerkt, dass ihr Vater den Köder zwar genommen, aber nicht vollständig geschluckt hatte.

Nachdem der Tisch abgeräumt war, zogen sich

ihre Eltern wie nahezu täglich zu einer kurzen Mittagsruhe zurück.

„Uff, das war knapp. Hast du Papas Blick bemerkt?", fragte Lars.

„Ja, sicher", nickte Rune. „Aber hast du nicht etwas noch viel Wichtigeres bemerkt?"

Lars schaute ihn fragend an.

„Das Armband. Eines der Bänder ist ganz kurz warm geworden und hat ebenso kurz aufgeleuchtet. Hast du das nicht bemerkt?", fragte Rune.

„Doch, doch", sagte Lars. „Aber das ging so schnell, dass ich nicht mal erkennen konnte, welche Farbe es war. Du?"

„Nein, es war wirklich extrem kurz, kaum wahrzunehmen. Wahrscheinlich war es ein Fehler oder so etwas", antwortete Rune.

„Bestimmt. Komm, das Gewitter hat sich verzogen. Lass uns in den Garten gehen. Ich bin gespannt, Tchils Plan zu hören, wie wir diesen Seelenhänger bekämpfen können."

Putzi und Blacky folgten ihnen in den Garten und versuchten, den Ball zu erhaschen, den sich die Brüder auf dem schmalen Weg dorthin geübt und trickreich zuspielten. Im Garten setzten sie sich unter den großen Walnussbaum und aktivierten Tchil in der Gestalt von Jan. Dann lauschten sie aufmerksam seinen Ausführungen. Als er ihnen den Plan bis ins letzte Detail erläutert hatte, bat er sie, keine Fragen zu stellen, sondern das Gehörte erst mal sacken zu lassen. Lars und Rune schwiegen, bis Tchil wieder zu reden begann und ihnen alles nochmal von vorne erklärte. Dann forderte er sie auf, den Plan zu wiederholen. Nachdem sie das getan hatten, schaute Tchil sie forschend an und hakte nach: „Was ist euch unklar? Habt keine Hemmungen zuzugeben, wenn ihr etwas nicht verstanden habt."

Lars zuckte mit den Schultern: „In welcher Reihenfolge wir die einzelnen Aktionen durchführen sollen, verstehe ich. Aber ansonsten kapiere ich im Grunde genommen gar nichts. Also, wie das alles funktioniert mit den Karten und so."

Rune seufzte: „Was ich nicht verstehe, ist, wie das mit den Lichtsäulen funktioniert. Das Licht soll ja aus meinem Herzen kommen und den Seelenhänger in Form von Lichtsäulen umschließen. Was passiert danach? Ist das Licht dann so heiß, dass der Seelenhänger verbrennt oder wie ist das?"

„So ähnlich. Der Seelenhänger wird durch die Lichtsäulen nicht verbrannt, wie die Flammen eines Feuers das Holz verbrennen, sondern der Seelenhänger wird durch die Gefühle, die in dem Licht sind, vertrieben oder vernichtet."

„Verstehe ich nicht", gab Rune zu.

„Wenn du an die Umarmung deiner Mutter denkst, was fühlst du dann?", fragte Tchil ihn.

„Ich spüre dann, wie sehr sie mich lieb hat. Fühle mich geborgen. Nichts kann mir in dem Moment passieren."

Tchil nickte: „Es ist aber nicht nur die Liebe zu dir, die in jeder Umarmung deiner Mutter steckt, sondern auch: Freude, Gottvertrauen, Zuversicht und vieles mehr. Und deine Erinnerungen an diese Umarmungen werden den Seelenhänger vertreiben oder vernichten."

„Aber warum?"

„Der Seelenhänger gehört zu den Angstsäern, und das einzige Ziel der Angstsäer ist es, allen Menschen, egal, ob jung oder alt, die Freude am Leben zu rauben. Sie versuchen, überall Angst und Verzweiflung zu schüren, um sich dann von diesen Ängsten zu ernähren. Wenn der Seelenhänger aber durch die Lichtsäulen spürt, dass du innerlich gefestigt und von dem erfüllt bist, was deine Mutter dir mit ihren Umarmungen gegeben hat, hat er keinen Angriffspunkt und wird weichen oder durch die Kraft des Lichtes sterben."

Rune war nicht überzeugt: „Vielleicht werden die kleinen Seelenhänger sterben, weil sie dem Licht nicht viel entgegenzusetzen haben, aber was passiert, wenn es ein großer oder mächtiger Seelenhänger ist? Solche gibt es doch bestimmt auch. Da kann doch die Erinnerung an die Umarmungen meiner Mutter nicht ausreichen oder?"

Tchil versuchte Rune und Lars, die Angst zu nehmen: „Sie werden keinen Seelenhänger dieser Stärke geschickt haben. Sollte es wider Erwarten doch zu einem Notfall kommen, aktiviert ihr wie besprochen die Torkarte. Wenn das Tor geöffnet wird, verbindet sich derjenige, der die Karte in den Händen hält, mit allen Umarmungen, die zu diesem Zeitpunkt auf der Welt stattfinden. Dies ist eine extrem mächtige Karte und sollte nur im Notfall genutzt werden."

„Warum nur im Notfall? Das ist doch eine sehr schöne Karte", wollte Lars wissen.

„Man muss nicht nur lernen, mit dem Schlechten umzugehen, sondern auch mit dem Schönen."

Lars und Rune machten nicht den Eindruck, als würde ihnen das einleuchten, aber sie fragten nicht weiter nach. Stattdessen sagte Lars:

„Okay, der Plan hört sich einfacher und ungefährlicher an als gedacht. Lasst uns also gleich loslegen, bevor ich es mir anders überlege."

Tchil schüttelte den Kopf: „Das geht leider nicht. Ihr müsst bis heute Nacht warten. Niemand, wirklich niemand darf etwas von dem, was ihr tut, mitbekommen."

Rune schüttelte sich vor Unbehagen: „Ich bin ja nicht zimperlich, aber die Vorstellung nachts in die Leichenhalle zu gehen, ist schon krass gruselig."

„Frag mich mal", fügte Lars hinzu. „Ich bin zimperlich!"

Tchil ließ sich nicht erweichen und setzte als Zeitpunkt zur Durchführung des Planes drei Uhr in der Nacht fest. Da sie spürten, dass es keinen Sinn machen würde, zu versuchen, ihn von der Uhrzeit abzubringen, schlenderten sie zurück zum Haus und gingen in ihr Ferienzimmer. Wenige Minuten später klingelte es an der Haustür und Lars ging runter, um nachzusehen. Doch seine Mutter war schon vor ihm da. Sie öffnete bereits grinsend und mit Schwung die Tür: „Ha, da ist er ja. Der schnellste Hundertmeterläufer der Klasse! Dieses Mal wenigstens durch die Vordertür."

Jan schaute sie verwirrt an: „Bitte, was?"

Lars zog ihn am Ärmel in den Hausflur: „Komm, nun tu mal nicht so bescheiden. Wie ein Hase läufst du doch die 100 Meter."

„Wie ein angeschossener Hase vielleicht", kam es von Jan zurück. Lars ging nicht darauf ein und zerrte ihn weiter in die Stube, damit er außer Hörweite seiner Mutter kam.

„Alter, lass mich mal los. Ich wollte gar nicht

reinkommen. Was soll außerdem der Quatsch mit dem schnellsten Hundertmeterläufer?"

„Ach, denk' nicht weiter darüber nach. Rune und ich machen uns gerade einen Spaß daraus, wer unserer Mutter den größten Bären aufbinden kann. Kommst du mit hoch, abhängen?"

„Äh, nein, ich wollte euch abholen. Schon vergessen? Um 15 Uhr spielt doch die 1. Mannschaft um die Kreismeisterschaft."

Gemeinsam gingen sie zum Sportplatz, und als sie dort eintrafen, hatte sich schon das halbe Dorf versammelt, um die 1. Herrenmannschaft zu unterstützen. Sie gesellten sich zu Henrik aus ihrer Fußballmannschaft, der träge am Zaun lehnte und die hübsche Pauline beäugte, die nicht weit entfernt von ihm stand.

„Das wird hart. Das sind ganz schöne Kanten", stellte Rune fest, nachdem er die gegnerische Mannschaft in Augenschein genommen hatte.

„Yipp. Genauso wie der Typ, mit dem Rieke da hinten bei dem Getränkewagen steht", bemerkte Henrik beiläufig.

Rune folgte Henriks Blick und konnte sie zuerst nicht entdecken, weil ein extrem sportlicher Junge vor ihr stand, hinter dessen breitem Kreuz sie fast verschwand.

„Oh ha", entfuhr es Lars, „der sieht nicht nur

ziemlich gut aus. Die scheinen sich auch blendend zu verstehen."

Wie versteinert stand Rune neben ihm: „Wer ist der Typ?"

„Ich weiß nur, dass er aus Schweden kommt", antwortete Henrik.

„Na dann ist er ja zum Glück nach den Sommerferien wieder weit, weit weg, Brüderchen", sagte Lars und legte Rune beruhigend die Hand auf die Schulter.

„Irrtum. Der zieht hierher", widersprach Henrik.

Runes Reaktion ging im Beifall der Zuschauer unter, die in diesem Moment die einlaufenden Mannschaften begrüßten.

Während des Spiels schaute Rune immer wieder verstohlen zu Rieke und konnte seine Eifersucht nur mühsam unterdrücken, wenn er sah, wie nah und vertraut der Neue und Rieke zusammenstanden. Viel zu nah und viel zu vertraut für seinen Geschmack.

Die Zeit bis zum Schlusspfiff des Fußballspiels verging für ihn quälend langsam. Als der Schiedsrichter die Partie endlich beendete, wollte er einfach nur weg und ging, ohne sich zu verabschieden, schnurstracks zu seinem Fahrrad. Zuhause angekommen trottete er in sein eigenes Zimmer, schloss die Tür hinter sich ab und holte Tchil aus seiner Hosentasche: „Gibt es eine Karte, die herausfinden kann, was zwei Menschen füreinander empfinden?"

„Ja, aber wozu brauchst du die? Ist das wichtig für heute Nacht?", wollte Tchil wissen.

Rune errötete leicht: „Nein, dafür nicht. Ich wollte nur wissen, ob… Darf man die Karte auch einfach so benutzen?"

„Einfach so dürft ihr überhaupt keine Karte einsetzen", antwortete Tchil. „Es muss zwar keine akute Gefahrensituation gegeben sein, aber die Aktivierung der Karte muss im Zusammenhang mit einem Menschen stehen, der sich in Not befindet."

Kommentarlos steckte Rune Tchil zurück in seine Hosentasche, legte sich auf das Bett und starrte an die Decke. Es dauerte fast eine Stunde, bis er aus seinen Tagträumen wieder auftauchte und nach draußen ging. Mehrmals pfiff er nach Putzi und Blacky, und als diese endlich aus dem Garten angestürmt kamen, ging er mit ihnen eine Runde durchs Dorf. Da er weder seinen Bruder noch einen ihrer Freunde zu Gesicht bekam, marschierte er Richtung Sportplatz und sah schon von weitem, dass dort noch etwas los war. Als er näherkam, erkannte er Lars und ein paar ihrer Fußballkumpel. Aber nicht nur die, sondern auch Rieke und den Neuen. Rune blieb stehen und beobachtete sie aus sicherer Entfernung. Der Neue stand im Tor und hielt auf den ersten Blick unglaublich gut. Nach weiteren Paraden war Rune klar, dass der Neue nicht nur gut und sehr sportlich aussah, sondern auch ein hervorragender Torwart war. Seine Laune verdüsterte sich noch mehr, als er sah, wie Rieke mit ihrem neuen Freund auf dem Rasen vergnügt herumalberte. Wie konnte er sich nur so in ihr getäuscht haben. Er hatte genug gesehen und wollte wieder umkehren. Doch ausgerechnet in dem Moment kamen Putzi und Blacky aus dem nahen Getreidefeld und entdeckten Lars. Und wie es nun mal ihre Art war, schossen sie wie angestachelt los und begrüßten ihn freudig bellend. Zähneknirschend ging Rune den Hunden hinterher. Er hatte null Interesse, auf die so offensichtlich verliebte Rieke und den ihm unbekannten Freund zu treffen.

„Alter, hast du die Paraden von unserem neuen Torwart gesehen?"

„Wieso unser neuer Torwart?", fragte Rune Lars wie vor den Kopf gestoßen.

„Na, der zieht doch hierher und sucht einen Verein. Der ist total die Granate. Der hat in Schweden schon in Auswahlmannschaften gespielt, und weißt du, wen der in Schweden kennengelernt hat?", fragte Lars total begeistert.

Rune schüttelte desinteressiert den Kopf und sah mit Unbehagen, dass Rieke und ihr neuer Freund langsam auf sie zugingen. Sie begrüßten ihn fröhlich und Rieke lächelte, als sie ihm den zukünftigen Torwart vorstellte: „Das ist übrigens Eike." Rune schwieg. Eike griente verschmitzt und legte liebevoll seinen Arm um Rieke: „Und falls du es nicht weißt…"

Den Rest hörte Rune nicht mehr. Als er sah, wie Eike Rieke in den Arm nahm, hielt er es nicht mehr aus und machte auf dem Absatz kehrt. Es war ihm egal, was sie über ihn dachten, und es war ihm auch egal, was sie ihm hinterherriefen. Er hörte nicht hin und ging direkt nach Hause. Doch anstatt sich wie vorher in seinem Zimmer einzuschließen, ging er direkt auf den Dachboden, zog seine Boxhandschuhe an und drosch auf den Sandsack ein, bis ihn seine Mutter zum Abendbrot rief. Ausgepumpt setzte er sich zu den anderen an den gedeckten Tisch. Als er hörte, wie Lars ihrem Vater berichtete, wie gut Eike im Tor sei, starrte er mit ausdrucksloser Miene auf seinen Teller. Kurz darauf knuffte ihn Lars derart hart in die Seite, dass er aufblicken musste.

„Das Beste kommt aber noch, Papa. Du sagst

doch immer, wir sollen die Leute ausreden lassen und ihnen nicht ins Wort fallen, richtig?", fragte Lars.

„Ja sicher. Es gibt zwar Ausnahmen, aber grundsätzlich ist das sehr unhöflich und kein guter Kommunikationsstil", antwortete ihr Vater. Rune wusste, dass dies eines der Lieblingsthemen ihres Vaters war und sagte: „Ich habe niemanden unterbrochen!"

„Nein, das nicht, es war ja eigentlich schlimmer. Du hast ihn einfach stehengelassen als er dabei war, sich vorzustellen", hielt ihm Lars entgegen, konnte ein Lachen aber nur schwer unterdrücken.

„So kenne ich dich ja gar nicht, Rune. Was war los?", fragte sein Vater sichtlich interessiert.

Rune zuckte nur mit den Schultern und wandte den Blick ab. Lars, dem die Eifersucht seines Bruders gegenüber Eike natürlich nicht verborgen geblieben war, hielt es nicht mehr länger aus und fragte glucksend: „Was hast du eigentlich gegen den Cousin von Rieke?"

Der Kokon

Rune konnte kaum verbergen, wie erleichtert er darüber war, dass Eike nicht Riekes Freund, sondern lediglich ihr Cousin war. Selig lächelte er während des Abendessens in sich hinein und tat dies auch noch, als sie bereits wieder auf ihrem Zimmer waren und die Schlafkarte aktivierten.

Wie beim vorherigen Mal wachten sie pünktlich und ausgeruht auf und schlichen sich aus dem Haus. Die Tür der Leichenhalle war wie erwartet verschlossen und sie aktivierten Ür. Nur wenige Sekunden später hörten sie ein leises Knacken und die Tür ließ sich ohne Probleme öffnen. Lars und Rune gingen hinein, zogen die Tür hinter sich zu und schalteten in dem fensterlosen Raum das Licht an. Kurz darauf war wieder ein leises Knacken zu hören. Irritiert schauten sie sich an und probierten, die Tür zu öffnen. Sie war verschlossen. Rune holte Tchil aus seiner Tasche und ließ ihn der Größe eines Kleinkindes vor sich schweben: „Warum hat Ür uns eingeschlossen?"

„Er hat euch nicht eingeschlossen. Er hat nur abgeschlossen. Solange er aktiviert ist, bleibt er im Schloss und öffnet die Tür auf euren Wunsch selbstverständlich auch. Nun schickt Spio in die Leichenhalle. Es wird Zeit."

Beruhigt aktivierten sie Spio und es dauerte keine fünf Minuten, bis sie zurückkehrte und ihnen mitteilte, dass sie im Vergleich zum letzten Mal keine Veränderungen im Raum feststellen konnte.

Lars und Rune wussten, was sie laut Tchils Plan als nächstes zu tun hatten und aktivierten den Wächter. Sie gaben ihm den Auftrag, vor der Tür zur Leichenhalle Wache zu halten, bis sie herauskommen würden. Kaum hatten sie den Auftrag erteilt, wurde der Wächter unsichtbar.

„Na toll, was soll das denn? Wie soll er denn so dafür sorgen, dass hier niemand reinkommt?", fragte Rune.

Sanft bugsierte Tchil die Brüder in Richtung Leichenhalle: „Nur, weil er unsichtbar ist, heißt das ja nicht, dass er euch nicht beschützen kann. Und jetzt geht rein."

Als sie wenige Augenblicke später in der stockfinsteren Leichenhalle standen, erschauderten sie vor Kälte und Unbehagen. Lars tastete nach dem Lichtschalter und schaltete das Licht an. Eine alte Neonröhre erwachte an der Decke zuckend zum Leben und warf ein gespenstisch bleiches Licht über die beiden Särge.

Lars und Rune grauste es bei dem Anblick.

„Welcher von beiden ist es?", fragte Rune.

„Das werdet ihr sehen, wenn ihr die nächste Karte aktiviert."

Zögernd suchte Lars in seinem Kartenstapel nach der Karte des Enttarners. Es war ihm anzumerken, dass er lieber an jedem anderen Ort dieser Welt gewesen wäre, als hier zwischen zwei Toten zu stehen und nicht zu wissen, welche Gefahren ihnen drohten. Mit brüchiger Stimme aktivierte er die Karte über den Särgen und sagte der Figur, was sie zu tun hatte. Der Enttarner verließ die Karte, schwebte bis an die Decke der Leichenhalle und breitete sich darunter über die gesamte Fläche aus. Dann sank er wie Nebel ganz langsam zu Boden und enthüllte nach und nach, was kurz zuvor im Verborgenen gewesen war. Lars und Rune hielten den Atem an. Im ersten Augenblick wussten sie nicht, was sich über dem rechten Sarg abzuzeichnen begann. Doch je mehr zu erkennen war, desto klarer wurde ihnen, dass es sich um die Seele des alten Mannes handeln musste. Mit klopfenden Herzen betrachteten sie fasziniert die in sich verschlungene und einzigartige Schönheit. Angespannt beobachteten sie, wie sich der Nebel weiter in die Tiefe senkte und langsam die Konturen von dem frei legte, wovor sie sich am meisten fürchteten. Zuerst sahen sie den silbernen Faden, der die Seele mit dem Leichnam verband, dann, worin er oberhalb des Sargdeckels mündete.

„Was ist das? Ist das der Seelenhänger?", fragte Lars mit zittriger Stimme.

„Das ist ein Kokon, und ja, darin befindet sich der Seelenhänger", antwortete Tchil ruhig.

„Ist das eine Art Versteck?"

„Ja. Er versucht sich so vor Angriffen zu schützen. Es ist also, wie ich es euch gesagt habe, ein kleiner und schwacher Seelenhänger. Ein großer bräuchte diesen Schutz nicht", erklärte Tchil und bat Rune, einen Ring aus Lichtsäulen um den Kokon zu bilden. Runes Knie zitterten:

„Können Lars und ich nicht zusammen den Lichtkreis bilden? Ich weiß nicht, ob ich das allein schaffe."

„Nein, ihr seid zu unerfahren als Schattenspringer. Deshalb möchte ich, dass Lars deine Absicherung ist, falls wider Erwarten etwas Unvorhergesehenes passieren sollte", sagte Tchil. „Und du, Lars, stellst dich bitte hierhin, damit du einen besseren Überblick hast."

Tchil wartete einen Moment, und als beide richtig standen, fragte er: „Bereit?"

Die Jungen nickten kaum wahrnehmbar.

„Dann los!"

Rune schloss die Augen und versuchte sich zu

beruhigen. Als er das Gefühl hatte, seine Angst halbwegs unter Kontrolle zu haben, öffnete er die Augen wieder, führte seine Hand zum Herzen und dachte intensiv an die Umarmung seiner Mutter, wenn sie ihm zeigen wollte, wie lieb sie ihn hatte. Augenblicklich glitt das Licht aus seinem Herzen, wanderte über seinen Arm und umspielte seine Hand. Er betrachte es kurz, dann formte er mit beiden Händen kleine Lichtsäulen und positionierte diese um den Kokon herum. Um sich durch nichts ablenken zu lassen und voll konzentrieren zu können, schloss er die Augen wieder. Je stärker das Licht wurde, umso besser konnte Lars die Konturen des Kokons erkennen. Gebannt beobachtete er diesen, konnte aber zunächst keine Veränderungen feststellen. Krampfhaft umklammerte er die Karten, die er einsatzbereit in den Händen hielt. Dann sah er es: Die Hülle des Kokons bekam kleine Risse. Aufgeregt schaute er zu Rune, doch der hielt die Augen weiterhin geschlossen. Die Risse wurden zahlreicher und größer und nur Sekundenbruchteile später klaffte zu Lars Entsetzen die Hülle an mehreren Stellen gleichzeitig auf und aus dem Inneren drang ein unheimliches Kreischen. Es war das schrecklichste Geräusch, das er jemals in seinem Leben gehört hatte. Auch Rune riss aufgeschreckt die Augen auf und sah, dass sein Bruder wie gelähmt am Fußende des Sarges stand und das kleine, dunkle Wesen anstarrte, das kreischend aus dem Kokon stieg.

„Rune, schließ die Augen und konzentriere dich auf das Licht. Es darf nicht schwächer werden", sagte Tchil eindringlich.

Rune schloss die Augen und bemühte sich alles auszublenden, was er hörte. Doch das Kreischen war unerträglich laut und verängstigte ihn bis ins Mark. Das Licht wurde schwächer und schwächer. Tchil musste eingreifen. Er befahl Lars, die Uds zu aktivieren und zu Rune zu schicken. Aber Lars reagierte nicht und starrte weiter auf das kleine schwarze Wesen. Tchil rüttelte ihn an der Schulter: „Beruhige dich, Lars! Es ist nur ein kleiner Seelenhänger, der Angst hat. Die Großen und Mächtigen sind lautlos. Aktiviere die Uds und schicke sie zu Rune."

Mit zitternden Händen aktivierte Lars die beiden identischen Figuren, die auf der Karte abgebildet waren und befahl ihnen sich zu Rune zu begeben. Kaum hatten die Uds Rune erreicht, verschwanden sie in seinen Ohren und verschlossen diese mit ihren Körpern undurchdringlich gegen jegliches Geräusch von außen. Beruhigt stellte Lars fest, dass es Rune so erneut gelang, sich ganz auf seine Aufgabe zu konzentrieren, und er schaute zu, wie sich der Seeelenhänger in dem wieder stärker strahlenden Licht wandt und nach und nach darin umkam. Als der Todeskampf mit einem letzten widerlichen Kreischen endete, schüttelte sich Lars vor Ekel und ging zu seinem Bruder. Rune zuckte vor Schreck zusammen, als Lars ihn am Arm berührte. Doch als er die Augen öffnete und sah, dass der Seelenhänger besiegt war, ließ er das Licht erleichtert zurück in sein Herz gleiten.

„Uff, geschafft, aber wenn ein kleiner Seelenhänger schon so furchteinflößend ist, möchte ich lieber keinem von den Großen und Mächtigen begegnen."

Lars lächelte als Antwort, deaktivierte die Uds und schilderte Rune anschließend den Tod des Seelenhängers. Er hatte noch nicht ganz zu Ende erzählt, als Rune die Augen vor Schreck weit aufriss und leichenblass wurde. Irritiert schaute Lars ihn an: „Was ist denn los? So schlimm war es ja nun auch nicht. Außerdem ist es doch vorbei."

Rune zeigte auf etwas hinter Lars Rücken und stotterte: „Gar nichts ist vorbei. Da ist noch einer."

Hastig drehte Lars sich um und sah, wie eine pechschwarze Masse aus dem Kokon quoll. Dieses Mal war kein Kreischen zu hören. Völlig lautlos glitt die Masse aus dem Kokon und bewegte sich zielstrebig auf Lars und Rune zu.

Entsetzt brüllte Tchil: „Das ist eine Falle. Das ist einer ihrer stärksten und mächtigsten Engelbrecher. Flieht, bevor er eure Seelen auslöschen kann!"

Panisch versuchten sie, aus dem Raum zu entkommen, doch der Engelbrecher schob sich zwischen sie und die rettende Tür. Lars und Rune starrten in die schwarze Masse und waren wie gelähmt. Kurz bevor der Engelbrecher sie erreichte, wurden sie von Tchil an der Schulter gepackt und in die hinterste Ecke des Raumes geschleudert: „Schnell, stellt euch Rücken an Rücken und bildet einen Lichtring um euch. Was auch passiert, bleibt zusammen!"

In diesem Augenblick begriffen Lars und Rune, dass sie sich in Lebensgefahr befanden. Sie versuchten, das Licht aus ihrem Herzen strömen zu lassen und zu einem Ring zu formen, aber ihre Angst blockierte sie und es entstand nur ein schmales Rinnsal. Hilfesuchend schauten sie zu Tchil. Doch Tchil konnte ihnen nicht mehr helfen. Der Engelbrecher hatte ihn komplett umschlossen.

Die Beerdigung

Einsam stand Tchil inmitten der schwarzen Masse. Die Augen geschlossen und die Arme weit ausgebreitet, als würde er sich in sein Schicksal ergeben. Mit einem Schlag wurde es noch dunkler in der Leichenhalle. Der Engelbrecher hatte sich so weit ausgedehnt, dass die Deckenbeleuchtung die Schwärze nicht mehr durchdringen konnte. Lars und Rune versuchten verzweifelt, ihr eigenes Licht zu verstärken, aber die vom Engelbrecher ausströmende Angst fraß sich unaufhaltsam in sie hinein, sodass ihr Licht immer schwächer wurde, bis es nur noch flackerte und schließlich endgültig versiegte. In absoluter Finsternis kauerten sie eng umschlungen in der Ecke und schrien in Todesangst nach ihren Eltern. Mit einem Male hörten sie ganz leise eine Stimme. Sie lauschten und versuchten diese zu verstehen. Doch die Stimme war zu leise. Lars schluchzte: „Mama…Papa?"

Angestrengt spähten und horchten sie in die Dunkelheit. Doch sie erhielten keine Antwort. Es herrschte wieder absolute Stille.

„Wer du auch bist, komm zurück!", flehte Rune mit tränenerstickter Stimme. Und als wäre er erhört worden, zerriss mit einem ohrenbetäubenden

Krachen die Dunkelheit und ein riesiger Engel stand schützend vor ihnen, der mit beiden Händen ein gewaltiges, blau-weiß glühendes Schwert umklammerte und es drohend gegen den Engelbrecher richtete: „Öffnet das Tor!"

Da erkannten sie ihn. Der Engel war Tchil. Und so verzweifelt sie vor wenigen Sekunden noch gewesen waren, fassten sie jetzt wieder Mut, als sie sahen, wie der Engelbrecher vor Tchil zurückwich. In Windeseile aktivierte Lars die Torkarte und hielt sie in seinen vor Angst schlotternden Händen.

„Das Tor öffnet sich gleich", rief ihm Tchil zu. „Halte dich fest."

Und das tat es. Das Licht traf Lars mit voller Wucht und presste ihn an die Wand. Es mussten in dem Moment unendliche Umarmungen und Liebesbekundungen auf der Welt geschehen, denn das Licht schoss wie ein mächtiger, tosender Fluss aus der Karte und umhüllte ihn von Kopf bis Fuß. Tchil forderte ihn auf, mit dem Licht eine Wand um den Engelbrecher zu ziehen und als Lars mit einem Nicken signalisierte, dass er verstanden hatte, hob Tchil das Schwert. Dann griff er den Engelbrecher an.

Gebannt schauten Lars und Rune zu, wie das gewaltige Schwert immer wieder in die schwarze

Masse niederfuhr und dabei Lücken riss, die sich mit Licht füllten. Doch der Engelbrecher erholte sich rasch von den ersten Hieben. Der Kampf wogte hin und her und Lars spürte, dass Tchil ihn brauchte. Er ging am ganzen Körper zitternd so nah an den Engelbrecher heran, wie er sich traute, bildete mit dem Licht eine Wand zwischen Boden und Decke und zog diese langsam um den Engelbrecher herum. Das Licht der Torkarte blendete ihn dabei so stark, dass er von dem Kampf nichts mehr erkennen konnte. Als er nur noch wenige Schritte bis zum Ende des Raumes vor sich hatte, hörte er Tchil brüllen: „Er flieht!"

Hektisch versuchte Lars die verbleibende Lücke zu schließen, doch es war zu spät. Der Engelbrecher zwängte sich hindurch und glitt lautlos an ihm vorbei. Lars hörte, wie hinter ihm etwas zu Boden fiel und als ihm bewusst wurde, dass es sein Bruder war, fuhr er mit einem Aufschrei herum: „Rune!"

„Ich bin hier", kam es gequält von Rune, der nicht weit von ihm entfernt auf dem Boden lag. Er war aschfahl und bebte am ganzen Körper. Besorgt fragte Lars: „Hat er dich verletzt?"

„Nein, aber als er über mich hinwegglitt, wurde in mir alles kurz dunkel."

Erleichtert half Lars ihm hoch und nahm ihn in

den Arm: „Gott sei Dank ist er besiegt und geflohen."

„Er ist nicht geflohen. Er ist hier."

Geschockt ließ Lars Rune los: „Was, wo?"

„Er ist in dem Sarg neben Felix Opa verschwunden."

Kaum hatte er den Satz ausgesprochen, begann sich der Sargdeckel an einigen Stellen schwarz zu verfärben:

„Er kommt zurück. Schnell. Umhülle den Sarg mit dem Licht."

Lars stürzte zum Sarg und umschloss ihn mit dem Licht aus der Torkarte. Dieses Mal war er schnell genug. Der Engelbrecher war gefangen.

„Vorbei. Es ist vorbei. Wir haben es geschafft, Rune", rief Lars euphorisch und drehte sich zu Tchil um: „Es ist vorbei, nicht wahr?"

Statt zu antworten hob Tchil die Arme und sprach in einer ihnen völlig unbekannten Sprache. Kurz darauf war das Licht um den Sarg verschwunden und strömte auch nicht mehr aus der Karte.

„Nein", schrie Rune fassungslos.

„Das Licht ist noch da, ich habe es nur getarnt", beruhigte ihn Tchil.

„Können wir dann bitte gehen? Ich will hier endlich raus", bat Lars Tchil inständig.

„Es tut mir leid, Lars, aber du musst als Toröff-
ner in der Nähe des Sarges bleiben, bis er zusammen mit dem Engelbrecher begraben wurde."

Lars schüttelte energisch den Kopf: „Ich soll
bis zur Beerdigung hierbleiben?! Auf keinen Fall."

„Es ist erst vorbei, Lars, wenn der Engelbrecher unter der Erde ist und nicht mehr entkommen
kann. Bis dahin musst du das Licht aufrechterhal-
ten."

„Nein, ich gehe und bleibe keine Minute länger
hier. Es muss eine andere Lösung geben."

„Die gibt es nicht. Ich habe zwar gesagt, dass
ihr nie etwas tun müsst, was ihr nicht wollt. Aber
wenn ich dir erlauben würde, zu gehen, hieße das,
dass der Engelbrecher sich befreien könnte. Und
ich glaube nicht, dass du das willst, oder?"

Einsichtig senkte Lars den Kopf und gab seinen Widerstand auf.

„Es gibt aber auch etwas Schönes", sagte Tchil
und legte Lars eine Hand auf die Schulter. „Seht.
Die Seele des alten Mannes konnte dank euch
aufsteigen. Der Lichtringtag kann nun stattfinden."

Lars und Rune blickten zum Sarg von Felix
Opa und sahen, dass die Seele des alten Mannes
verschwunden war, sie wussten aber nicht, was sie
darüber denken oder dazu sagen sollten.

„Da du hier ja nicht wegkannst, gehe ich kurz nach Hause und finde raus, wann die Beerdigung ist", sagte Rune. „Einverstanden?"

Lars nickte und blieb mit Tchil allein in der Leichenhalle zurück. Immer noch verängstigt und in Gedanken versunken, hockte er sich auf den Boden, den Rücken an die Wand gelehnt und wartete auf Runes Rückkehr. Den Sarg ließ er dabei nicht eine Sekunde aus den Augen.

Zwanzig Minuten später kehrte Rune mit einem Rucksack über der Schulter und zwei Decken unter dem Arm zurück:

„Die Beerdigung ist zum Glück schon heute um elf Uhr."

„Gott sei Dank. Und hast du zufällig auch eine Idee, wie wir das nachher machen?"

„Jap. Wir wissen ja, wann die Beerdigung ist, und damit wissen wir auch, wann Peter ungefähr kommt, um den Sarg zu holen, richtig?"

„Richtig. Erzähl weiter", forderte Lars ihn auf.

„Wenn Tchil einverstanden ist und die Torkarte so weit reicht, gehen wir kurz bevor Peter kommt gleich hier nebenan in die Friedhofstoilette und verstecken uns dort."

„Die Torkarte reicht so weit", nickte Tchil zustimmend. „Ihr solltet den Sarg dennoch nicht unnötig lange unbeobachtet lassen."

„Perfekt. Wir verstecken uns also in der Toilette. Und damit wir in unseren kurzen Hosen und bunten T-Shirts nicht auffallen, habe ich für uns beide lange und dunkle Klamotten zum Umziehen mitgebracht. Sobald die Glocken anfangen zu läuten, gehen wir raus und mischen uns unter die Trauergäste. Ab da haben wir den Sarg, bis das Grab zugeschaufelt ist, ununterbrochen im Blick. Wenn Tchil einverstanden ist, ist das der Plan."

Die Brüder schauten Tchil an und erst da wurde ihnen bewusst, dass sie nach wie vor mit einem riesigen Engel im Raum standen, der sich auf ein gewaltiges Schwert stützte.

„Bist du eigentlich ein richtiger Engel oder hast du dich nur in einen verwandelt?"

Tchil zögerte kurz, bevor er antwortete:

„Als Schattenspringer werdet ihr Dinge sehen und erleben, bei denen es wichtig sein wird, zu unterscheiden, ob diese Dinge wirklich existieren oder sich nur in eurer Phantasie abspielen."

Lars schaute Tchil gereizt an, dann deaktivierte er ihn ohne Vorwarnung.

„Spinnst du? Hast du den Engelbrecher vergessen?", fauchte ihn Rune an und wollte Tchil umgehend wieder aktivieren.

„Warte", bat ihn Lars. „Solange die Torkarte aktiv ist, brauchen wir ihn doch eigentlich eh nicht, oder?. Außerdem habe ich genug von seinem Gerede und wollte dir, ohne das er zuhört oder versucht, mich dann vom Gegenteil zu überzeugen, sagen, dass ich, wenn das hier alles vorbei ist, definitiv kein Schattenspringer mehr sein werde."

Rune lächelte, was Lars verärgerte.

„Hör auf zu lächeln. Hast du keine Todesangst gehabt? Möchtest du so etwas wirklich nochmal erleben?"

„Ich habe gelächelt, weil es selten ist, dass wir beide ganz und gar einer Meinung sind."

„Das heißt, du hörst auch auf?", fragte Lars sichtlich verblüfft.

„Ja, natürlich. Ich will bestimmt nicht nochmal so um mein Leben zittern müssen."

„Und wann wollen wir es Tchil sagen?", fragte Lars erleichtert.

„Erst nach der Beerdigung", schlug Rune vor. „Das Eine oder Andere kann er uns ruhig noch erklären, bevor wir aufhören."

Lars und Rune warteten nach ihrer Entscheidung todmüde und schweigend in ihre Decken gehüllt darauf, dass Peter, der Friedhofsgärtner, kommen würde, um den Sarg zu holen. Als endlich Stimmen vom Friedhof zu hören waren, standen Lars und Rune augenblicklich auf und deaktivierten zuerst den Wächter und als Ür die Tür von außen wieder verschlossen hatte auch ihn. Wie abgesprochen betraten sie die nebenan liegende Friedhofstoilette und versteckten sich dort. Kaum hatten sie die Tür hinter sich geschlossen, hörten sie Peter, wie er die Kapelle aufschloss. Sie pressten die Köpfe an die Tür und lauschten. Nichts Verdächtiges war zu hören. Trotzdem zitterten Lars und Rune unentwegt. So groß war ihre Angst, dass die Torkarte auf die Entfernung doch nicht wirken würde. Als die Glocken zu läuten begannen, zogen sie sich um und mischten sich unter die Anwesenden. Nach einer kurzen Andacht wurde der Sargwagen aus der Kapelle gefahren. Die Trauergemeinde versammelte sich und ging geschlossen hinter dem Sarg zum Grab. Lars und Rune versuchten, nicht zu dicht hinter dem Sarg zu gehen, da dort üblicherweise die nahen Verwandten gingen, aber auch nicht zu weit entfernt, um ihn nicht aus den Augen zu verlieren. So fokussiert bemerkten sie nicht, dass sich hinter ihnen zwei Personen durch die Reihen schlängelten und zielstrebig auf sie zuhielten. Wie angewurzelt blieb Rune stehen, als jemand eine Hand auf seinen Arm legte und flüsterte: „Hätte nicht gedacht, dass ihr Winni kanntet und zu ihrer Beerdigung kommen würdet."

Rune fuhr herum und blickte in die Gesichter von Rieke und Eike. Er wusste beim besten Willen nicht, was er ihnen antworten sollte, und da er Lars nicht alleine lassen wollte, ließ er sie einfach kommentarlos stehen. Wenige Augenblicke später erreichte der Trauerzug die Grabstelle, und Lars und Rune konnten es kaum erwarten, dass der Sarg hinuntergelassen und das Grab zugeschüttet wurde. Nach einer kurzen Grabrede war es soweit. Der Sarg glitt auf dicken Seilen in die ausgehobene Grube. Ungeduldig beobachteten sie die Trauernden, die am Grab Abschied nahmen und anschließend einzeln oder in kleinen Gruppen Richtung Kirche zum Gottesdienst davongingen.

Neidisch blickte Rune einem kleinen Jungen nach, der ein kurzärmliges T-Shirt trug. Ihm selbst war unerträglich heiß in dem schwarzen Pullover und er sehnte sich danach, diesen endlich wieder ausziehen zu können. Er bemerkte daher zunächst auch nicht, dass sich die Haut an seinem Handgelenk erwärmte. Erst als er ein starkes Brennen spürte, zuckte er zusammen, zog den Pulloverärmel hoch und sah, dass das rote Band an seinem Armband intensiv leuchtete. Jemand in seiner Nähe befand sich in seelischer Not. Postwendend wollte Rune das leuchtende Band Lars zeigen, musste sich aber gedulden, bis die letzten Trauergäste gegangen waren. Erst dann trat er dicht an Lars heran, der weiterhin hochkonzentriert die Torkarte Richtung Sarg hielt: „Lars, das Armband ist heiß geworden und hat rot geleuchtet!"

Ohne den Blick vom Sarg zu nehmen, antwortete Lars: „Ach, das ist bestimmt wieder nur ein Fehlalarm."

„Unwahrscheinlich. Das Band leuchtet immer noch. Schau selbst."

Lars warf einen flüchtigen Blick auf Runes Armband:

„Wir wollen doch aufhören. Es interessiert uns also nicht mehr, oder?"

Dann schaute er wieder zu Peter, der angefangen hatte, das Grab zuzuschaufeln.

Als schließlich die letzte Schaufel Erde auf dem Grabhügel gelandet war, gingen Lars und Rune zurück zum Haus. Unendlich erleichtert ließen sie sich neben ihren Hunden völlig erschöpft ins Gras fallen. Sie hatten ihn besiegt. Der Engelbrecher war gefangen und würde nie mehr zurückkehren.

Ohne ein Wort zu sagen, schauten sie eine Weile in den Himmel und dachten über die letzten Tage nach. Lars seufzte nach einer Weile und fragte: „Wer ist es?"

„Wer ist was?"

„Du hast mir doch das rot leuchtende Armband gezeigt. Wer also ist es?"

„Ist das dein Ernst? Du hast doch selbst gesagt, dass es uns nicht mehr zu interessieren hat. Ich habe also erst gar keine Bilder gemacht."

„Ich weiß, aber das Armband hat uns gezeigt, dass jemand in Not ist. Wir können nicht einfach so tun, als wäre nichts gewesen und bewusst wegsehen."

„Das will mir jetzt nicht in den Kopf. Der größte Angsthase auf dieser Erde will auf einmal doch weitermachen?!"

Lars achtete nicht auf Runes Stichelei und schlug vor:

„Was hältst du davon: Wir machen von allen die gleich aus der Kirche kommen Bilder und schauen sie uns auf der Kamera von Tchil an. Wenn wir die Person, bei der die Aura rot leuchtet, nicht kennen oder diese von weit außerhalb kommt, kümmern wir uns nicht weiter darum. Dann ist es definitiv vorbei, einverstanden?"

„Nein, ich bin nicht einverstanden", erwiderte Rune und stand mit einem Ruck auf, „aber du hast Recht. Wir dürfen nicht einfach wegsehen, wenn jemand unsere Hilfe braucht."

Sie mussten nicht lange warten, bis der Gottesdienst zu Ende war und die Trauergäste aus der

Kirche kamen. Hinter einer Kastanie verborgen, fotografierte Rune heimlich alle Anwesenden und zuletzt auch ihren Vater, der mit der Küsterin Thea vor der Kirche stand und etwas zu besprechen hatte. Insgesamt hatte er vierzehn Bilder gemacht. Sie schauten sich jedes einzelne Bild ganz genau auf dem Display der Kamera an. Auf den ersten sahen sie lediglich ihnen unbekannte und ganz in schwarz gekleidete Trauergäste. Auch auf den folgenden Bildern konnten sie nichts Auffälliges erkennen. Obwohl sich niemand in ihrer Nähe befand, flüsterte Rune:

„Nur noch zwei. Vielleicht lagst du tatsächlich richtig und es war auch dieses Mal ein Fehlalarm."

Doch da sahen sie es. Auf dem nächsten Bild waren zwei Personen und bei einer von diesen glühte die Aura wie ein Ring aus tiefrotem Feuer. Lars fasste sich als erster: „Das ist Eike!"

Liv

„Die Aura ist wirklich feuerrot", sagte Rune. „Aber hast du bemerkt, dass es ihm so schlecht geht?"

Als hätte Eike die Frage gehört, wandte er ihnen auf dem Bild das Gesicht zu und sah sie aus verweinten Augen an: „Ich bin schuld an ihrem Tod!"

Lars und Rune erschauderten:

„Was meint er damit? An wessen Tod ist er schuld?"

Doch bevor Lars auf seinen Bruder eingehen konnte, hörten sie wieder Eikes Stimme. Dieses Mal undeutlicher als zuvor. Rune fragte zum Bild gewandt: „Was hast du gesagt und wieso kannst du uns sehen und auch mit uns sprechen?"

„Hä? Wieso sollte ich euch nicht sehen können. Ihr steht doch hinter dem Baum, ihr Witzbolde."

Lars und Rune fuhren herum. Nicht das Bild hatte dieses Mal zu ihnen gesprochen, sondern Eike, der mit Rieke keine zehn Meter von ihnen entfernt stand und sie fragend anschaute:

„Was ist nun, kommt ihr mit zu Bäcker Bruns? Wir wollen nämlich nicht mit zum Trauercafé ins Gemeindehaus."

„Bäcker Bruns gibt es nicht mehr. Das heißt jetzt Landcafé Wechold", antwortete Lars.

„Wie auch immer. Hauptsache, es gibt noch die Bockwurstbrötchen von früher."

Lars und Rune schlossen sich Eike und Rieke an. Gemeinsam gingen sie über den Friedhof und bogen dann hinter Schweckes Richtung Landcafé ab. Eike und Rieke blödelten unterwegs viel herum, und Lars und Rune fragten sich, wie es sein konnte, dass Eike augenscheinlich so fröhlich war. Sie hatten sich die rote Aura auf dem Bild nicht eingebildet und auch ihre Armbänder leuchteten nach wie vor rot. Unvermittelt blieb Eike stehen und fragte Rieke:

„Meinst du, ich sollte mal klingeln?"

„Das kannst nur du entscheiden. Aber ich glaube, sie sind eh nicht da."

Eike ging unsicher zu der Eingangstür, schaute auf das Namensschild, zögerte und drückte dann die Klingel. Als niemand öffnete, klingelte er nochmals. Doch auch dieses Mal regte sich nichts im Haus. Er ging wieder zu ihnen und blickte sie traurig an:

„Das war keine gute Idee."

Dann drehte er sich um und ging ohne ein weiteres Wort zu sagen den Weg zurück, den sie gerade gekommen waren. Rune wollte ihm etwas zurufen, doch Rieke legte ihm die Hand auf die Schulter: „Lass ihn!"

„Was ist los mit ihm?"

Rieke schaute Rune mit hochgezogenen Augenbrauen an:

„Ihr wisst nicht, was vor ziemlich genau sieben Jahren passiert ist?"

„Nein, wir sind doch vor etwa sechs Jahren erst hierhergezogen und kennen nicht jede Geschichte."

„Ach ja, richtig. Das hatte ich ganz vergessen. Kommt, gehen wir zum Landcafé. Ich erzähle es euch dort."

Lars und Rune saßen mit ihren Eisbechern an einem der Tische im Landcafé und warteten auf Rieke, die noch unentschlossen vor der Kuchentheke stand. Kaum hatte sie sich mit ihrem Stück hausgemachtem Streuselkuchen zu ihnen gesetzt, begann sie zu erzählen:

„Also, Post-Alex, bei dem Eike ja eben geklingelt hat, und Eikes Familien waren mal eng befreundet und sind bis zu dem Unglück auch ab und an zusammen in den Urlaub gefahren."

„Was für ein Unglück?"

Rieke senkte den Blick und es war ihr anzusehen, wie traurig sie die Erinnerung daran machte.

„Also, Eikes und Post-Alex Familie waren vor sieben Jahren zusammen auf Norderney. An dem

Tag als es passierte, waren zuerst alle zusammen im Strandrestaurant essen. Ihre Eltern gingen danach surfen, und Eike, Eikes Schwester Liv und Post-Alex blieben am Strand, um für Liv eine riesige Sandburg zu bauen. Irgendwann hatten Eike und Post-Alex Lust auf ein Eis und gingen mit Liv zusammen zur Eisdiele. Kurz bevor sie die Eisdiele erreicht hatten, fiel Liv auf, dass sie ihr Kuscheltier vergessen hatte, und wollte es unbedingt schnell holen, bevor es jemand anderes mitnehmen konnte. Eike war aber wohl genervt und wollte deswegen nicht nochmal zurückgehen. Doch Liv bettelte so lange, bis Eike es ihr erlaubte."

Lars und Rune sahen, dass Rieke Mühe hatte, die Geschichte zu erzählen, und sich verstohlen eine Träne aus dem Augenwinkel wischte. Betreten stocherten sie in ihren Eisbechern herum. Sie hatten Rieke noch nie so traurig gesehen. Am liebsten würde Rune Rieke in Ruhe lassen und nicht weiter nachbohren, aber er musste es tun, für Eike:

„Was ist dann passiert?"

„Liv war jünger als Eike und konnte noch nicht richtig schwimmen. Sie musste daher auch am Strand diese Schwimmflügel tragen. Und da sie diese anhatte, die Ebbe bereits einsetzte und es nur ein kurzer Weg zum Strand war, erlaubte Eike ihr,

ihr Kuscheltier alleine zu holen. Was dann geschah, weiß niemand so genau. Als Liv nach ein paar Minuten nicht zurückkam, wurde Eike unruhig und ging zum Strand zurück. Zunächst konnte er sie nicht sehen. Erst als er seinen Vater auf dem Surfbrett um Hilfe rufen hörte, sah er sie. Sie war im Wasser. Ihr Kopf war nur kurz über der Wasseroberfläche zu sehen, dann verschwand er wieder. Eikes Vater rief weiter um Hilfe, doch niemand außer ihm sah anscheinend Liv, die immer wieder nur kurz mit dem Kopf aus dem Wasser auftauchte und in Lebensgefahr war. Eikes Vater ist dann ins Wasser gesprungen, weil der Wind abrupt abgeflaut war und er dadurch nicht mehr surfen konnte. Er hat auch beim Schwimmen andauernd um Hilfe gerufen. Aber niemand reagierte, und Eike stand am Ufer und konnte nichts tun, weil Liv zu weit draußen war."

Rieke machte eine Pause und unterdrückte ein Schluchzen:

„Ihr Vater hat sie nicht mehr rechtzeitig erreicht."

Lars und Rune schauten sich bestürzt an.

„Liv ist an dem Tag vor Eikes Augen ertrunken, und er gibt sich bis heute die Schuld dafür."

Lars und Runes Eisbecher schmolzen in der Sommerhitze. Sie hatten jedoch beide den Appetit verloren und auch Rieke rührte ihren Kuchen nicht an. Schweigend saßen sie beisammen. Erst als sie Clara mit ihrem Pferd Ringo vor dem großen Panoramafenster stehen und winken sahen, wurde ihr Schweigen unterbrochen und Rieke ging raus zu Clara. Rune schaute ihr kurz hinterher und sagte dann zu Lars gewandt: „Furchtbar, oder?"

Lars nickte: „Gut, dass wir die Fotos gemacht haben. Sonst wüssten wir das alles nicht und könnten ihm nicht helfen."

„Das stimmt. Aber ich verstehe trotzdem nicht, warum seine Aura auf dem Bild rot leuchtet. Meinst du, wir können Rieke weitere Fragen stellen?"

„Ich weiß nicht", antwortete Lars und blickte nach draußen zu Clara und Rieke. „Vielleicht."

Rieke gesellte sich nach ein paar Minuten wieder zu ihnen und wirkte nicht mehr so traurig, wie noch kurz zuvor.

Rune überlegte daher nicht lange und fragte sie:

„Weißt du, warum Liv ins Wasser gegangen ist?"

„Das weiß niemand so genau. Auf dem Wasser trieb auch ein Surfbrett ohne Segel. Vielleicht ist sie darauf gestiegen und wollte nur im flachen

Wasser etwas paddeln und ist dann durch die Ebbe weiter hinausgezogen worden."

„Aber sie hatte doch Schwimmflügel an. Wie konnte sie da überhaupt ertrinken?" wollte Lars wissen.

„Sie hatte ihre Schwimmflügel nicht an, sie…"

„Aber du hast gesagt, dass sie die anhatte", unterbrach Lars sie irritiert.

„Hatte sie ja auch. Sonst hätte Eike sie ja nicht allein gehen lassen. Sie hat sie aber aus irgendeinem Grund ausgezogen und ihrem Kuscheltier Honigbär angezogen."

„Sie hat was? Warum das denn?", fragte Rune perplex.

„Das weiß ja eben niemand. Man vermutet, dass sie nicht wollte, dass er verloren geht, weil Honigbär eigentlich ihrem Vater gehörte."

„Also, war ihr Kuscheltier mit auf dem Surfbrett?"

„Vermutlich. Zumindest schwamm er in der Nähe der Stelle, wo sie ertrank, auf dem Wasser. Aber es gibt niemanden, der gesehen hat, was tatsächlich passiert ist."

Rune schüttelte fassungslos den Kopf:

„Dann würde sie noch leben, wenn sie die Schwimmflügel nicht ihrem Kuscheltier angezogen hätte?"

„Bestimmt!", antworte Rieke überzeugt. „Das glauben eigentlich alle."

„Aber warum fühlt Eike sich dann schuldig?"

„Na, weil er sie allein zum Strand hat gehen lassen. Das ist doch klar. Er hätte ihr doch nie erlaubt, die Schwimmflügel auszuziehen. Aber können wir uns jetzt bitte über etwas anderes unterhalten?"

Lars nickte:

„Klar. Danke, dass du uns das alles erzählt hast. Das hilft uns erst mal weiter. Wenn wir mehr wissen müssen, können wir dich ja bestimmt nochmal fragen, oder?"

Rieke runzelte irritiert die Stirn: „Wenn ihr mehr wissen müsst? Was soll das denn heißen?"

Lars biss sich auf die Lippe, als er seinen Fehler bemerkte:

„Also, ich…äh, meinte damit, dass, wenn Eike, also wenn er nochmal…"

Rune fiel ihm ins Wort: „Keine Ahnung, was Lars sagen wollte, aber darf ich dir noch eine einzige Frage stellen?"

Rieke ließ sich ablenken und nickte zögerlich.

„Warum ist Eikes Familie weggezogen?"

Rieke seufzte, erzählte dann aber, dass weder seine Eltern noch sonst jemand Eike jemals einen Vorwurf wegen Livs Tod gemacht hätte. Doch

Eike konnte nicht akzeptieren, dass es ein tragischer Unfall gewesen war und hatte sich allein die Schuld an dem Tod seiner Schwester gegeben. Als auch eine Therapie und die Trauerarbeit des Hospizdienstes ihm nicht halfen, beschlossen seine Eltern, wegzuziehen, um ihn aus dem Umfeld, wo ihn alles an Liv erinnerte, herauszuholen."

Lars und Rune schauten sich besorgt an. Die rote Aura hatte also einen Auslöser. Nur, was hatte Eike vor? Das wussten sie immer noch nicht. Rieke unterbrach ihre Gedanken:

„Warum schaut ihr so besorgt? Das ist doch alles lange her und Eike hat es echt überwunden, sonst wären seine Eltern ja nicht mit ihm zurückgezogen. Alles ist gut, macht euch keine Sorgen. So, ich muss los. Tschö."

Lars und Rune schauten Rieke hinterher, und als sie nicht mehr zu sehen war, holte Lars das Foto heraus. Sie betrachteten die rote Aura um Eike. Gar nichts war gut.

„Und nun?", fragte Lars Rune.

„Was und nun?", fragte Rune zurück.

„Was wollen wir wegen Eike tun?"

„Ich denke, dass wir in seine Seele springen müssen, um zu erfahren, was er vorhat."

Rune sah, dass Lars das gar nicht gefiel. Doch bevor dieser reagieren konnte, kam Buddel, der mit seiner Frau das Café betrieb, an ihren Tisch, um abzuräumen.

„Na, hat es euch heute nicht geschmeckt? Ihr habt die Eisbecher ja gar nicht angerührt."

„Es lag nicht am Eis. Die Geschichte von Eikes Schwester hat uns so mitgenommen, dass uns einfach der Appetit vergangen ist", antwortete Rune.

„Ach deshalb war an eurem Tisch so eine trübsinnige Stimmung."

„Ja. Wusstest du davon?"

„Natürlich. Aber hat Rieke euch auch erzählt, dass zur selben Zeit an derselben Stelle zwei weitere Jungen ertrunken sind?"

Lichtringtag

Lars und Rune hatten kaum das Landcafé verlassen, als sie auf dem Handy eine Nachricht von ihrer Mutter erhielten, die wissen wollte, wie lange sie das Mittagessen noch für sie warmhalten sollte. Lars und Rune gingen mit schlechtem Gewissen einen Schritt schneller. Als sie bei Hoppes vorbeikamen, verging Lars allerdings der Appetit auf das gemeinsame Mittagessen. Hoppes hatten in der Zeit, in der sie im Landcafé waren, ein Schwein geschlachtet, welches nun ausgeweidet kopfüber im Hof am Haken hing. Lars, der sich seit einigen Monaten tierleidfrei ernährte, wie er es selbst beschrieb, widerte dieser Anblick an. Obwohl Rune sich mittlerweile daran gewöhnt hatte, dass Lars sich vegan ernährte, und er auch darauf Rücksicht nahm, fragte er Hoppes im Vorbeigehen dennoch schnell, ob er bei Gelegenheit etwas von dem Knipp haben könnte. Lars schüttelte den Kopf:

„Du weißt schon, was da alles in Knipp drin ist, oder?"

„Klar. Schweinekopf, Schweinebauch, Schwarte und was sich sonst so an Resten findet. Lecker."

Lars schaute Rune angewidert an. Was dieser spöttisch konterte: „Falls du dich erinnerst, das war mal eines deiner Lieblingsgerichte!"

„Die Betonung liegt auf war."

Damit ließ Lars es auch bewenden. Er hatte keine Lust, sich zu streiten.

Als sie am Gemeindehaus vorbeigingen, sahen sie Rieke und Eike davorstehen und sich angeregt unterhalten. Rune war sich nicht sicher, ob er sie stören sollte, ging dann aber doch zu ihnen. Lars blieb stehen und wartete. Er hatte keine Ahnung, was Rune von den beiden wollte. Er sah nur, dass sich Rieke und Eike zu freuen schienen und Eike Rune mit einem Schulterklopfen verabschiedete.

Rune kam zu Lars zurück:

„Donnerstag machen wir eine kleine Lagerfeuer-Party mit Übernachtung bei uns."

„Wieso das denn?", fragte Lars.

„Weil wir in Eikes Seele springen müssen und dafür eine Gelegenheit brauchen!"

Lars wirkte zuerst wenig begeistert, dann nickte er:

„Okay. Wer kommt noch außer Eike und ich nehme an Rieke?"

Rune grinste:

„Rieke will Clara fragen und ich denke Jan, Ecke, Alpi und Henrik könnten wir auch fragen. Aber nicht zu viele."

„Einverstanden, aber warum grinst du so?"

„Na, wenn Clara kommt, könnte sie doch gleich

Brit mitbringen, oder interessierst du dich nicht mehr für sie?"

Lars versuchte, sich ein Grinsen zu verkneifen, was ihm aber nicht gelang.

Kurz darauf bogen sie zum Friedhof ab und sahen von Weitem einen ihnen unbekannten Mann, der sein vollbepacktes Rad auf dem Gehweg zu ihrem Haus abstellte. Dieser Anblick war nichts Ungewöhnliches für Lars und Rune. Immer wieder klingelten Leute wegen einer kleinen Spende beim Pfarrhaus. Meistens waren es Menschen, die unfreiwillig obdachlos waren. Es gab aber unter ihnen auch welche, die ganz bewusst diesen Schritt gewählt hatten, um unabhängig zu sein. Ihr Vater gab ihnen selten einfach nur so Geld wie einem Bettler auf der Straße. Er war der Ansicht, dass sie etwas für das Geld tun sollten, um ihre Würde zu bewahren, sei es Gartenarbeit oder ähnliche Dinge. Die wenigsten beschwerten sich darüber. Manche waren auch auf der Suche nach einer Bleibe und ab und an stellte ihr Vater ihnen eines ihrer zwei Gartenhäuser als vorübergehende Unterkunft zur Verfügung. Dieses Jahr hatte schon jemand mit seinen zwei Hunden für mehrere Wochen in einem der Gartenhäuser gelebt, und sie hofften, dass das nicht so schnell wieder der Fall sein würde. Der letzte Typ war ihnen unheimlich gewesen. Nicht zuletzt deswegen, weil er sogar seine Hunde gebissen hatte, um sie angeblich zu erziehen.

Lars blieb stehen:

„Ist das Captain Sparrow?"

Einen der Obdachlosen, zu dem sie ein freundschaftliches Verhältnis hatten, hatten sie letzten Sommer so getauft, weil er einen leicht torkeligen Gang hatte.

„Nein, das ist er leider nicht, aber an irgendwen erinnert mich der Mann. Kommt er dir nicht auch bekannt vor?"

Sie gingen weiter auf ihr Haus zu, aber je näher sie ihm kamen, umso sicherer waren sie sich, dass sie den Mann, der bei ihnen klingelte, noch nie gesehen hatten.

Ihre Mutter öffnete die Haustür und unterhielt sich kurz mit dem Mann. Dann ließ sie ihn herein. Auch das war nicht ungewöhnlich. Manchmal baten ihre Eltern vollkommen Fremde zu ihnen herein, um beispielsweise gemeinsam mit ihnen zu essen. So war es auch dieses Mal. Als Lars und Rune ins Esszimmer kamen, saß da bereits der Mann, den ihre Mutter kurz zuvor hereingebeten hatte.

„Da seid ihr ja endlich, setzt euch. Das ist übrigens Herr Stahl. Er wird heute mit uns essen."

Lars und Rune stellten sich Herrn Stahl vor und setzten sich dann an den gedeckten Mittagstisch.

Nach dem Mittagessen gingen Lars und Rune auf ihr Ferienzimmer und legten sich auf ihre Betten.

„Boah, ich bin todmüde. Ich schicke nur noch Jan, Ecke, Alpi und Henrik eine Nachricht wegen Donnerstag, und dann werde ich mich glaube ich in Morpheus Armen wiegen."

„Geht`s noch geschwollener?", fragte Lars und drehte sich auf die Seite. „Aber ich penne jetzt auch eine Runde. Die letzte Nacht war heftig."

Lars und Rune schliefen noch, als Putzi am späten Nachmittag ängstlich jaulend in ihr Zimmer gelaufen kam und auf Lars Bett sprang. Wie besessen drehte sie sich im Kreis und versuchte, eine bestimmte Stelle in ihrem Nacken zu erreichen. Etwas behagte ihr ganz und gar nicht. Lars wurde von dem Tumult am Fußende seines Bettes schließlich wach und schaute Putzis Treiben verwundert zu. Völlig verschlafen legte er ihr seine Hand beruhigend in den Nacken, doch kaum hatte er ihr Fell berührt, stach ihn mehrmals etwas in die Finger: „Aua, was war das denn?"

Vorsichtig wollte er sich erneut der Stelle nähern, um nachzuschauen, was da Spitzes im Fell war, an dem er sich gestochen hatte, als Putzi begann, die Zähne zu fletschen und sich mehrmals unterhalb des Nackens ins Fell zu beißen. Lars wich zurück, als er sah, weswegen Putzi sich so aufführte. Ein winziges spinnenartiges Wesen löste sich langsam aus dem Fell und ließ sich auf das Bett gleiten. Kaum hatte es die Bettdecke berührt, nahm es rasch an Größe zu und fixierte Lars mit mehreren und verschiedenartigen Augen. Weißer Rauch stieg auf und umhüllte das Wesen, bis es nicht mehr zu sehen war. Lars wusste, dass er eigentlich Rune wecken oder Tchil zu Hilfe holen sollte, aber irgendetwas hielt ihn zurück. Und dann war es zu spät, um zu reagieren. Das spinnenartige Wesen sprang aus dem Rauch und rannte blitzschnell auf ihn zu.

„Lars, schläfst du wirklich noch oder tust du nur so?"

Lars drehte sich schwerfällig zu Rune um, der auf seiner Bettkante saß: „Was? Was ist denn?"

„Putzi hat eben so wütend im Zimmer gebellt, dass ich davon wach geworden bin."

Lars drehte sich wieder von Rune weg und murmelte:

„Ich habe nichts gehört. Lass mich einfach schlafen. Ich bin todmüde."

„Komm schon, Lars! Es ist fast 17 Uhr und wir müssen Tchil endlich mal wegen Eike befragen."

Von Lars kam keine Reaktion und Rune musste seinen Bruder mehrmals wachrütteln, bis dieser sich schließlich missmutig aus dem Bett quälte und Rune völlig gerädert nach unten folgte.

In der Küche trafen sie auf ihren Vater, der sie amüsiert fragte:

„Wie seht ihr denn aus. Habt ihr gerade geschlafen?"

„Gefühlt schlafe ich noch. Könnte mich gleich wieder hinlegen", antwortete Lars mit einem herzhaften Gähnen.

„Eure Nacht muss ja kurz gewesen sein, wenn ihr euch nachmittags nochmal hinlegt."

„War sie auch", antwortete Lars.

„Ich will es lieber gar nicht so genau wissen. Tut mir nur einen Gefallen und verbringt nicht die ganzen Ferien an euren Geräten und spielt oder glotzt irgendeinen sinnentleerten Blödsinn, okay?", sagte ihr Vater und ging aus der Küche.

Lars verdrehte die Augen und nahm sich eine Apfelsaftflasche. Als er den Flaschenöffner ansetzte, bemerkte er mehrere kleine Wunden an seinen Fingern und wunderte sich, was ihn da gebissen haben könnte. Er fand keine Erklärung und beendete seine Grübeleien darüber, als ihre Mutter in die Küche kam und ihnen sagte, dass sie beide am Samstag zu ihrem Onkel nach Göttingen fahren würden. Lars und Rune schauten sie verblüfft an:

„Nach Göttingen, aber warum und wie lange?"

„Wie, warum? Normalerweise macht ihr Luftsprünge, wenn ihr Onkel Maddin besuchen könnt."

„Ja, schon…" Rune wusste so schnell nicht, was er sagen sollte, da sie wirklich gern nach Göttingen zu ihrem Onkel fuhren.

„Also, ihr fahrt!", bestimmte ihre Mutter, als keine plausiblen Einwände kamen. „Sollten wir wirklich nicht alle gemeinsam in den Urlaub fahren können, ist dies für euch die einzige Möglichkeit für einen Tapetenwechsel."

„Aber wir dürfen am Donnerstag noch eine kleine Lagerfeuer-Party mit Übernachtung machen, oder?", fragte Rune. Ihre Mutter hatte keine Einwände und verließ die Küche, weil es an der Haustür geklingelt hatte. Als sie wieder alleine waren, holte Lars Tchil aus seiner Hosentasche und sie erzählten ihm, was sie von Rieke über Eike und seine verstorbene Schwester gehört hatten. Sie fragten ihn auch, ob sie in Eikes Seele springen sollten, oder ob es eine andere Lösung gäbe, ihm zu helfen. Doch Tchil sah keine andere

Möglichkeit. Er riet ihnen, dies so schnell wie möglich zu tun, um mehr über Eikes Absichten zu erfahren. Rune schlug vor, den Sprung nach der Party zu machen, während alle schliefen, und erklärte sich freiwillig dazu bereit. Er wollte Tchil gerade detaillierter zum Ablauf eines Seelensprunges befragen, als es in seiner Hosentasche vibrierte. Da sein Handy oben im Ferienzimmer lag, griff er verdutzt in seine Hose und zog das vibrierende Kartenspiel aus der Tasche. Fragend schaute er Tchil an.

„Befiehl den Karten, sich zu zeigen. Die Karte, die zuoberst liegt, ist es, die etwas mitteilen will."

Rune befahl den Karten, sich zu zeigen, und als oberste Karte erschien „Calendra". Das Symbol für den angekündigten Lichtringtag leuchtete am Mittwoch kurz auf der Karte auf und erlosch dann. Im nächsten Augenblick erschien das Symbol am Dienstag, und der Kartenstapel hörte auf zu vibrieren. Tchil runzelte die Stirn:

„Wenn der Lichtringtag vorgezogen wird, muss etwas passiert sein."

„Was könnte das sein?", wollte Lars wissen.

„Das weiß ich nicht. Das werden wir erst morgen erfahren." Rune steckte das Kartenspiel in seine Hosentasche und fragte: „Wann beginnt der Lichtringtag morgen und was müssen wir tun?"

„Der Lichtringtag beginnt bis auf seltene Ausnahmen vor dem ersten Tageslicht. Wie ich euch bereits sagte spannen an diesen Tagen alle verstorbenen Schattenspringer einen Lichtring um das ganze Land. So können sie für die lebenden Schattenspringer die Verstecke der Angstsäer sichtbar machen. Das ist extrem wichtig, um die unterschiedlichsten Arten der Angstsäer in ihren Verstecken aufzuspüren und zu vertreiben. Das Einzige, was ihr machen müsst, ist, auf einer Karte, die euer Einsatzgebiet umfasst, zu beobachten, ob Angstsäer oder Verstecke der Angstsäer lokalisiert werden."

„Und was machen wir, wenn welche entdeckt werden?"

„Dann erhaltet ihr alle verfügbaren Informationen über den Angstsäer und seinen Aufenthaltsort und macht ihn unschädlich", antwortete Tchil.

Lars entglitten die Gesichtszüge:

„Wir machen ihn unschädlich? Und wenn uns dann wieder ein Engelbrecher oder derartiges erwartet?"

„Den müsst ihr dann ausschalten", antwortete Tchil ruhig. „Aber ich werde euch bei eurem ersten Lichtringtag begleiten, und ihr werdet nicht noch einmal so unvorbereitet sein wie letzte Nacht."

Lars wollte umgehend protestieren, als es in Runes Hosentasche abermals vibrierte. Und wie erst wenige Minuten zuvor holte Rune das Kartenspiel heraus und aktivierte es. Und wieder lag Calendra zuoberst. Das Symbol für den auf Dienstag vorgezogenen Lichtringtag leuchtete kurz auf und erlosch direkt danach. Im Gegensatz zum letzten Mal gab es aber keinen neuen Eintrag im Kalender, und Lars atmete erleichtert auf:

„Ein Glück. Es steht noch kein neuer Termin fest. Morgen wäre mir das auch echt zu früh gewesen."

Kaum hatte er den Satz ausgesprochen, füllte das Symbol für den Lichtringtag die ganze Karte aus. Und inmitten der Karte erschien eine rot pulsierende Uhr, auf der die Zeit rückwärts zu laufen begann.

Bevor Lars oder Rune etwas fragen konnten, sagte Tchil:

„Es geht sofort los."

Der Farblose

„Wie sofort und wieso läuft die Zeit rückwärts?"

Tchil schaute ohne zu antworten weiterhin auf die Uhr, deren Zeiger sich mittlerweile schneller rückwärts drehten. Erst, als die Zeiger still standen, sagte er: „Der Beginn des Lichtringtages wird auf heute Morgen zurückgesetzt."

Lars schaute Tchil verblüfft an: „Zurückgesetzt? Wir können doch die Zeit nicht zurückdrehen und in die Vergangenheit reisen, oder wie verstehe ich das?"

Tchil antwortete: „Doch, könnt ihr. Es gibt in der Welt der Schattenspringer keine gradlinig verlaufende Zeit, wie ihr es in der Schule gelernt habt. Die Zeit existiert dort nicht. Sie ist eine Illusion."

Lars und Rune verstanden kein Wort: „Du willst uns damit sagen, dass es dort keine Vergangenheit und auch keine Zukunft gibt."

„Und auch keine Gegenwart. In der Welt der Schattenspringer geschieht alles gleichzeitig, weil es keine Zeit gibt."

Rune runzelte die Stirn: „Klingt zwar irgendwie logisch, dass alles gleichzeitig geschieht, wenn es keine Zeit gibt, wie wir sie kennen, aber es ist für mich trotzdem nicht vorstellbar. Existiert die Welt der Schattenspringer dadurch dann außerhalb unserer Welt oder gehört sie dazu?"

„Sowohl als auch, Rune."

Lars schüttelte den Kopf: „Oh Mann. Das ist alles zu hoch für mich. Ich hoffe diese Lichtringaktion ist nicht so schwierig zu verstehen?"

Tchil erklärte ihnen zügig den Ablauf und mahnte dann zur Eile:

„Geht bitte an einen ruhigen und sicheren Ort, wo ihr unbeobachtet seid, und aktiviert die entsprechenden Karten."

Lars und Rune überlegten kurz und entschieden sich für das Gartenhaus. Auf dem Weg dorthin begegneten sie Herrn Stahl, der vor dem Haus Unkraut jätete, um sich etwas Geld zu verdienen:

„Na, ihr zwei, was macht ihr heute Abend noch Schönes?"

„Nichts Besonderes mehr. Wir gehen nur in den Garten etwas chillen."

„Na, dann genießt den schönen Sommerabend."

Lars und Rune nickten Herrn Stahl zu und gingen zum Gartenhaus. Dort angekommen schlossen sie von außen die Fensterläden und gingen hinein. Nachdem sie die Tür abgeschlossen hatten, nahm Lars das Kartenspiel hervor und aktivierte die von Tchil beschriebenen Karten.

Als erstes aktivierte er die Monitorkarte und befahl dann der Zeitkarte, den Tag ab der Morgendämmerung sichtbar zu machen. Gespannt schauten sie auf den Monitor, auf dem kurz darauf eine Landkarte erschien. Lars und Rune versuchten, die Karte zu begreifen. Es standen zwar ihnen bekannte Orts- und Straßennamen auf der Karte und man konnte die Karte auch in jede Richtung scrollen, aber irgendwie verwirrten sie die ganzen unbekannten Symbole, die zusätzlich eingezeichnet waren:

„Was haben die Symbole zu bedeuten?"

„Die Symbole stehen für die unterschiedlichsten Dinge. Es gibt beispielsweise Symbole für ehemalige Verstecke von Angstsäern oder auch für Kampfplätze mit ihnen, für Tore zum Schatten- oder Lichtreich, manches sind Gedenktafeln..."

„Gedenktafeln?", fragte Lars entsetzt. „Es sterben auch Schattenspringer bei ihren Einsätzen?"

Auch Rune wirkte geschockt.

„Ich bin bei euch", versuchte Tchil sie zu beschwichtigen.

„Beim Seelenhänger warst du auch bei uns. Aber erkannt hast du die Gefahr durch den Engelbrecher vorher auch nicht oder?", erwiderte Lars spöttisch und fuhr dann schon fast wütend fort: „Ich wollte aufhören, und jetzt passiert eventuell wieder so ein Scheiß, dass ich mich in Lebensgefahr begeben muss? Ne, nicht nochmal!"

Und damit ging er zur Tür und schloss diese auf. Rune ging ihm schnell hinterher und fasste ihn am Arm: „Du kannst doch nicht einfach gehen und aufhören! Wir müssen doch die anderen Schattenspringer beim Lichtringtag unterstützen. Und auch Eike helfen!"

Lars schnaubte vor Wut: „Ich pfeife auf dieses Schattenspringerzeugs, wenn es mich ständig in Gefahr bringt. Und was interessiert mich Eike?! Nur, weil er Torwart bei uns wird, muss ich doch nicht mein Leben für ihn riskieren."

Und dann schüttelte er Runes Arm ab und ging. Rune schaute ihm hinterher und wusste nicht, was er machen sollte. Er war völlig überrumpelt von Lars Wutausbruch. Unschlüssig stand er in der Tür: „Was ist bloß auf einmal mit ihm los. Was hat ihn so wütend gemacht?"

„Das muss leider warten. Komm, wir müssen jetzt unbedingt anfangen!"

Rune drehte sich zu Tchil um: „Ich soll alleine anfangen?"

„Du bist nicht alleine. Schließe die Tür ab und komm", sagte Tchil auffordernd. Rune schloss die Tür ab, setzte sich vor die Monitorkarte und sah sogleich, dass sich etwas verändert hatte. Ein geschlossener Lichtring war an den äußeren Rändern der Gebietskarte zu sehen, der sich langsam Stück für Stück zusammenzog.

„Es hat schon angefangen?", fragte Rune.

„Ja. Nun heißt es abzuwarten, ob sie mit dem Lichtring helfen können, Verstecke der Angstsäer zu enttarnen."

„Mit sie sind die verstorbenen Schattenspringer gemeint?"

„So ist es. Und nur, weil ihr den alten Mann von dem Seelenhänger befreit habt, kann dieser immens wichtige Lichtringtag überhaupt stattfinden."

„Wie lange dauert das ungefähr?", wollte Rune wissen.

„Das kann man vorher nicht sagen. Da es anscheinend einen ernsten Vorfall gegeben hat, wird die Suche mit Sicherheit sehr genau durchgeführt. Es kann also durchaus ein paar Stunden dauern."

„Ein paar Stunden?", hakte Rune wenig begeistert nach.

„Nutze die Zeit, um dir die Funktionen und Symbole näher anzuschauen."

Rune nickte und scrollte innerhalb der Karte, um sich einen Überblick zu verschaffen: „Gibt es eine Übersicht, in welchen Bereichen bisher die meisten Verstecke waren oder Kämpfe stattgefunden haben?"

Tchil nickte und zeigte ihm, wie er sich diese Übersicht anzeigen lassen konnte. Rune drückte die entsprechende Schaltfläche auf der Karte und schaute sich dann in Ruhe die neu hinzugefügten Markierungen an. Die Markierungen waren in unterschiedlichen Farben. Mal waren ganze Abschnitte der Karte in einer Farbe, mal nur einzelne Häuser:

„Ich nehme mal an, dass rot bedeutet, dass hier viel passiert ist beziehungsweise es hier viele Verstecke gab? Und weiß für dementsprechend wenig?"

„Das ist richtig."

„Wow!", entfuhr es Rune kurz darauf, als er zu ihrem Haus scrollte. „Um die Kirche und unser Haus ist ein dicker roter Kreis! Wie kann ich sehen, ob es sich um Verstecke oder Kämpfe handelt?"

Tchil drückte eine weitere Schaltfläche, und die Statistik erschien.

„Das sind ja extrem viele Kämpfe. Und wenn ich die Zeitangaben hier richtig verstehe, dann, dann…gibt es ja fast täglich Kämpfe um dieses Gebiet herum", stellte Rune fest. „Warum passiert ausgerechnet hier so viel?"

„Weil die Kirche und euer Haus extrem wichtige und heilige Orte für Lichtsammler sind."

„Lichtsammler? Was sind Lichtsammler?"

„Du bist ein Lichtsammler, Rune. Und Lars auch."

„Hä, ich dachte, wir wären Schattenspringer?" Kaum hatte Rune das gesagt, stutzte er: „Das „L" in „L&S" steht für Lichtsammler?"

„Ja, Lichtsammler und Schattenspringer sind ein und dasselbe und doch wiederum auch nicht…"

„Nein, erkläre es mir bloß nicht jetzt", unterbrach Rune Tchil. „Das wird mir zu viel. Außerdem möchte ich, dass Lars dabei ist. Sag mir lieber, warum um die Kirche und um unser Haus herum ein beängstigend roter Kreis, aber innerhalb des Kreises überhaupt keine Farbe ist."

„Weil die Angstsäer es nie geschafft haben, den Schutzwall um die Kirche und um euer Haus herum zu durchbrechen!"

Rune war sichtlich erleichtert, als er das hörte, und entspannte sich etwas. Er suchte sich eine bequemere Sitzposition, scrollte durch die Karte von Hoya und nahm sich eine Chipstüte aus ihren heimlichen Vorräten. Als er die Chipstüte öffnen wollte, scrollte die Karte selbstständig zu einem anderen Punkt, und Rune sah, wie sich in dem angezeigtem Abschnitt der Lichtring wie in Zeitlupe zurückzog. Gleichzeitig wurden zwei neue Markierungen sichtbar, die hektisch blinkten.

Rune tippte die Markierungen an und las die dazugehörigen Informationen.

„Was bedeutet ‚Tor zum Schattenreich geöffnet_ und ‚Farblosen erschaffen'? Muss ich irgendetwas machen? Wenn es so hektisch blinkt, ist es doch bestimmt etwas Ernstes, oder?"

Tchil zögerte, bevor er antwortete:

„Dass das Tor zum Schattenreich geöffnet und ein Farbloser erschaffen wurde, ist definitiv eine ernste Angelegenheit. Aber solange wir nicht wissen, wer das Ziel des Farblosen ist, können wir nichts machen."

„Ist ein Farbloser so etwas wie ein Engelbrecher?"

„Nein, ein Engelbrecher ist ein Wesen aus dem Schattenreich. Ein Farbloser ist ein ganz normaler Mensch, so wie du. Nur dass dieser von den Angstsäern benutzt und gelenkt wird, um einen bestimmten Auftrag auszuführen. Da seine Seele unkenntlich gemacht wurde, gibt es in ihm weder Licht noch Schatten, und der Mensch, der dann der Farblose ist, hat damit keine Erinnerung mehr an sich selbst. Aber der Auftrag ist beim Engelbrecher und dem Farblosen gleich: Sie kommen beide, um zu vernichten."

Der Bildausschnitt verschob sich abermals und ein anderer Bereich der Karte wurde sichtbar, in dem der Lichtring nur noch an den äußeren Rändern zu erkennen war. Im Gegensatz zu vorher wurden aber keine neuen Markierungen angezeigt:

„Es wurde scheinbar etwas entdeckt, aber noch nicht lokalisiert, daher durchleuchten sie diesen Bereich ein weiteres Mal Zentimeter für Zentimeter", erläuterte Tchil.

Erst als sich der Lichtring sehr langsam über das Gebiet bewegte, begriff Rune, um welchen Ort es sich handelte:

„Das ist die Kirche und unser Haus. Wie ist das möglich? Du hast doch eben erst gesagt, dass die Angstsäer es noch nie geschafft hätten, den Schutzwall zu durchbrechen?!"

„Beruhige dich, Rune. Sie haben doch bisher gar nichts gefunden. Wahrscheinlich ist es nur eine Vorsichtsmaßnahme, dass der Bereich nochmals akribisch durchleuchtet wird."

„Und wie sicher bist du dir? So, sicher wie beim Seelenhänger?", fragte Rune und starrte weiter angespannt auf den Bildschirm. Tchil antwortete nicht, sondern verschränkte stattdessen unauffällig die Arme hinter dem Rücken und ein für das menschliche Auge nicht wahrnehmbares goldenes Licht strömte aus seinen Händen zielstrebig nach draußen. Vor der Tür bildeten sich aus dem goldenen Licht nach und nach mehrere bis an die Zähne bewaffnete Engel, von denen einer alle an Größe überragte und sich an ihre Spitze setzte. Lautlos sprach Tchil einen Befehl, und der Engelstrupp setzte sich in Bewegung.

Rune schaute weiterhin ohne Unterlass auf den Bildschirm, und ohne den Blick von diesem zu nehmen, fragte er:

„Hast du eben etwas gesagt?"

„Nein. Wieso?"

Rune hob den Kopf:

„Komisch. Mir war so, als hätte ich dich etwas vor dich hinmurmeln hören."

Tchil schüttelte den Kopf und lächelte:

„Nein, wirklich nicht."

Rune schaute Tchil skeptisch an:

„Du lächelst irgendwie verkrampft. Alles in Ordnung?"

„Ja, es ist alles in Ordnung, Rune. Ich habe nur kurz über Lars nachgedacht, warum er vorhin so wütend war und dich allein gelassen hat", wich Tchil aus.

„Hm, ja, passt nicht so zu ihm. Er ist zwar ängstlich, lässt mich aber eigentlich nie im Stich…"

Tchil unterbrach ihn:

„Schau auf den Bildschirm. Es tut sich etwas!"

Und tatsächlich, der Lichtring stoppte.

„Was hat das zu bedeuten? Innerhalb des Kreises, der die Kirche und unser Haus umgibt, ist nichts markiert."

Tchil beugte sich nach vorne und versuchte auf dem Bild etwas zu erkennen. Dann wischte er mit den Fingern über den Bildschirm, um den Ausschnitt zu vergrößern. Wieder studierte er das Bild eingehend, bevor er es nochmals vergrößerte.

„Es ist nur ganz schwach zu erahnen, aber hier könnte etwas sein", Tchil zeigte auf eine bestimmte Stelle. „Aber ich bin mir nicht sicher."

Rune runzelte die Stirn:

„Was meinst du? Ich erkenne da gar nichts."

„Schau genau hin. An dieser Stelle geht das Weiß ganz leicht in ein Grau über, und genau dort meine ich einen schwachen Umriss zu erkennen."

„Einen Umriss wovon?", fragte Rune, der weder eine Grauabstufung noch einen Umriss auf dem Bildschirm erkennen konnte.

„Ich bin mir nicht sicher, aber es könnte der Umriss eines Menschen sein."

„Ein Mensch? Aber warum ist so gut wie nichts von ihm auf dem Bildschirm zu erkennen?"

„Weil es der Farblose sein könnte. In seinem Inneren ist alles erloschen. Und da er nur noch eine willenlose, fremdgesteuerte Hülle ohne Emotionen oder eigene Gedanken, ohne jegliche Aura ist, ist er auch durch den Lichtring nahezu unmöglich aufzuspüren."

„Wenn ein Farbloser willenlos ist, wer sagt ihm dann eigentlich, was er tun soll?"

„Sentisfrin. Er ist der Mächtigste aller Angstsäer. Er kontrolliert den Farblosen höchstpersönlich. Für ihn wurde das Tor zum Schattenreich geöffnet und er begibt sich dadurch selbst in große Gefahr, entdeckt zu werden."

Rune strich mit zwei Fingern über den Bildschirm, um das Bild noch größer darzustellen:

„Ich denke, du täuschst dich. Ich sehe da einfach nichts, was einem Menschen ähnelt."

Tchil schwieg. Er hoffte auch, dass er sich täuschte, aber die Falle mit dem Engelbrecher in der Leichenhalle sprach dagegen. Die Angstsäer sahen Lars und Rune offenbar als ernsthafte Bedrohung an.

„Tchil", unterbrach Rune seine Gedanken. „Aber, wenn du dich nicht täuschst und der Farblose hier auf unserem Gelände aufgetaucht ist und ein Farbloser denselben Auftrag wie ein Engelbrecher hat, dann heißt das doch..."

Tchil versuchte Runes Blick auszuweichen, aber es war zu spät. Rune hatte die Sorge in seinem Gesicht erkannt und erblasste:

„Der Engelbrecher war nur der Anfang. Der Farblose ist hinter Lars und mir her, richtig?"

Er weiß, wo ihr seid.

Das Handbuch

Rune saß zusammengesunken vor der Monitorkarte. Damit hatte er nicht gerechnet. Er wollte Eike helfen und nicht wieder selbst ins Visier der Angstsäer geraten:

„Okay, ich tue mal so, als würde ich nicht am liebsten schreiend weglaufen und mir würden nicht vor Angst die Knie zittern. Wenn das, was du da im Gegensatz zu mir auf dem Bildschirm erkannt hast, tatsächlich einen Menschen, also den Farblosen darstellen sollte. Wer könnte das dann sein?"

Tchil zuckte mit den Schultern:

„Bei der Markierung für den Farblosen stand, dass er heute Vormittag geschaffen wurde. Das heißt, dass alle Personen, die ab heute Vormittag das Gelände um die Kirche herum betreten haben, der Farblose sein könnten."

Rune runzelte die Stirn:

„Das sind dann aber jede Menge. Heute Vormittag war die Beerdigung. Wie soll man den Farblosen denn da finden?"

„So hart es auch klingen mag: Gar nicht. Du kannst einen Farblosen im Grunde genommen nur indirekt aufspüren. Indem er sich aus Versehen verrät oder durch einen Angriff zeigt. Natürlich würdet ihr ihn auch erkennen, wenn ihr zufällig in ihn springen würdet. Aber ihr könnt das unmöglich bei jedem, der in Frage kommt, machen."

Rune sprang mit einem Male auf und stürmte zur Tür:

„Was sitzen wir hier eigentlich herum? Wenn der Farblose eventuell schon auf dem Gelände ist und er es auf Lars und mich abgesehen hat, dann müssen wir zu Lars und ihn warnen."

Rune wollte Tchil schnell verkleinern und in seiner Hosentasche verschwinden lassen. Doch Tchil hob abwehrend die Hände:

„Als Schattenspringer darfst du mich in Notsituationen freigeben. Das heißt, dass ich mich, solange die Notsituation besteht, frei bewegen kann, ohne dass ihr mich permanent aktivieren und deaktivieren müsst."

Rune nickte zum Einverständnis, öffnete die Tür und blickte nach draußen. Vor dem kleineren der beiden Gartenhäuser sah er Herrn Stahl sitzen und drehte sich zu Tchil um, um ihn zu warnen. Aber Tchil war nirgends mehr zu sehen. Er zögerte, dann ging er zügig an Herrn Stahl vorbei, um nach Lars zu suchen. Als er nach dem kleinen Gartenhaus um die Ecke bog, sah er Lars bereits auf dem Rand des alten Brunnens sitzen. Der Brunnen war normalerweise durch einen flachen zweigeteilten Mühlstein verschlossen, und ihr Vater hatte ihnen strengstens untersagt, den Brunnen aufzudecken. Doch aller Warnung zum Trotz hatte Lars die eine Hälfte des Steines beiseitegeschoben und blickte ausdruckslos in den Brunnen. Rune beobachte ihn einen Augenblick. Was war mit Lars los? Noch nie hatten sie es gewagt, den Stein zu verschieben. Erst dieser Wutausbruch und nun das.

„Ich weiß, dass du da stehst und mich beobachtest", sagte Lars ohne sich umzudrehen.

Rune ging zu Lars und setzte sich zu ihm an den Brunnenrand.

„Und, ist der Lichtringtag beendet?", fragte Lars grimmig.

Rune ging nicht auf die Frage ein:

„Was ist mit dir Lars? Warum hast du den Stein verschoben?"

Lars zuckte mit den Schultern:

„Keine Ahnung. Ich hatte das Gefühl, das tun zu müssen."

„Du hattest das Gefühl, das tun zu müssen?", fragte Rune ungläubig. „Und was willst du als nächstes tun? Vielleicht in den Brunnen springen?"

Lars schaute Rune verächtlich an: „Spinnst du? Warum sollte ich so etwas tun?"

„Keine Ahnung. Vielleicht weil du gerade extrem komisch bist? Und ich mir Sorgen mache."

„Du machst dir Sorgen? Weswegen? Weil ich den Stein verschoben habe? Sag mir lieber, warum ihr den Lichtringtag ohne mich durchgeführt habt."

Rune blickte Lars irritiert an:

„Was redest du denn da? Du hast doch einen Wutanfall bekommen und bist einfach gegangen!"

Lars zog die Augenbrauen hoch:

„Wie bitte? So ein Blödsinn. Du bist ohne auf mich zu warten in die Gartenhütte gegangen und hast dann die Tür hinter dir abgeschlossen."

„Was? Aber das stimmt doch überhaupt nicht, was du da erzählst. Lars, hast du Fieber oder so?"

Lars schüttelte den Kopf. Er wusste selbst nicht, was mit ihm los war. Er wusste nicht, warum er den Stein verschoben hatte. Er konnte sich auch nicht an den Wutausbruch erinnern. Seit dem Nachmittagsschlaf fühlte er sich irgendwie komisch:

„Ich weiß auch nicht, was los ist. Aber was war denn nun mit dem Lichtringtag? Habt ihr etwas entdeckt?"

Rune überlegte, ob es richtig wäre, ihm von dem Farblosen zu erzählen. Doch er hatte keine andere Wahl und musste ihn warnen. Als er zu

Ende erzählt hatte, fragte Lars in einer Mischung aus Wut und Sorge:

„Und wo ist Tchil? Wer soll uns beschützen, wenn nicht er?"

Rune wusste es auch nicht und schaute sich im Garten um. Doch bis auf Herrn Stahl, der vor dem Gartenhaus saß und rauchte, sah er niemanden:

„Lass uns reingehen und schauen, ob es unter den Karten eine gibt, die uns weiterhelfen kann."

Lars war einverstanden und stand vom Brunnen auf. Gemeinsam schoben sie den Mühlstein in seine ursprüngliche Position und gingen dann Richtung Haus. Verstohlen schauten sie sich dabei auf dem Weg um:

„Glaubst du, dass der Farblose es wirklich geschafft hat und auf unserem Gelände war oder ist?"

„Woher soll ich das wissen? Selbst Tchil war sich ja nicht sicher. So oder so würde ich mich aber besser fühlen, wenn ich wüsste, wo Tchil ist oder irgendjemand anderes, der auf uns aufpasst."

Zurück im Haus legte sich Lars aufs Bett und drehte sich zur Wand: „Ich bin so müde. Ich könnte schon wieder schlafen."

„Echt?", fragte Rune ungläubig. „Ist doch nicht mal zweiundzwanzig Uhr. Komm lass uns schauen, ob die Karten uns helfen können."

Mühevoll dreht sich Lars zu Rune um, der sich auf die Bettkante des unteren Bettes gesetzt hatte: „Ich glaube, ich habe beim Durchstöbern der Karten mal eine mit einem Bücherregal gesehen. Vielleicht ist das so eine Art Bibliothek, in der man zu allen Themen etwas finden kann."

Lars und Rune durchsuchten die Karten und wurden fündig. Auf einer Karte war ein riesiges Bücherregal zu sehen. Die Bücher standen nicht nur im Regal eng gereiht, sondern lagen auch auf dem Regal, türmten sich an den Seiten und lagen zahlreich auf dem Boden verstreut. Lars legte die Karte vor sich auf das Bett, aktivierte sie und wartete mit Rune darauf, dass sich wie gewohnt eine Figur zeigen würde. Doch in diesem Fall zeigte sich keine Figur. Lars nahm die Karte in die Hand, um sie sich genauer anzusehen. Kaum hatte er sie berührt, spürte er, dass sie sich verändert hatte. Er konnte die einzelnen Bücher fühlen, die auf der Karte abgebildet waren. Jedes Mal, wenn er einen der Buchrücken berührte, erschien der Titel des Buches in großen Buchstaben auf der Karte.

„Ich würde sagen, wir versuchen so eine Art Handbuch zu finden. Es gibt so viele offene Fragen und es kommen immer mehr hinzu."

Rune war einverstanden und es dauert nicht lange, bis bei einem dicken, alten und verstaubten

Buch „Handbuch für Lichtsammler & Schatten-springer" als Titel angezeigt wurde. Da Lars das Buch nicht einfach greifen und aus dem Regal nehmen konnte, schlug Rune vor, es zu aktivieren. Und tatsächlich, es gelang. Das Buch leuchtete auf und schwebte aus dem Regal hinüber in ihre Welt. Lars und Rune betrachteten das winzige vor ihnen schwebende Buch zunächst nur, dann nahm Lars es in die Hand. Kaum hatte er es berührt, vergrö-ßerte es sich auf Originalgröße. Lars und Rune staunten. Das Buch schien uralt zu sein und der Einband war mit unzähligen Symbolen und Figu-ren verziert. Lars öffnete das Buch und stutzte: Er und Rune waren auf der ersten Seite abgebildet. Aber nicht nur dort: Als sie umblätterten, fiel ih-nen ihr Name auch auf der folgenden Seite so-gleich ins Auge:

„Dieses Buch verpflichtet sich, Lars & Rune mit all seinem Wissen zur Seite zu stehen und zu dienen."

Lars und Rune blätterten neugierig kreuz und quer in dem Buch herum und sahen sich dann das Inhaltsverzeichnis genauer an: „Fallen ohne Wie-derkehr", „Die unsichtbare Treppe der Finsternis", „Sprung ins Nichts".

„Ich weiß nicht, ob ich fasziniert oder besorgt sein soll?!" sagte Lars und gab Rune das Buch.

Rune nahm es und schlug das Kapitel „Der Farblose" auf, welches lediglich anderthalb Seiten umfasste.

„Wieso ist das Kapitel nur so kurz?", wunderte sich Lars.

„Vielleicht haben sie bisher nur wenige Informationen über den Farblosen sammeln können", mutmaßte Rune und sollte recht behalten. Als sie die erste Seite durchgelesen hatten, waren sie nicht viel schlauer als vorher. Dass der Mensch, der zum Farblosen umgewandelt und benutzt wurde, über keine eigene Persönlichkeit mehr verfügte, um widerstandslos von Sentisfrin gelenkt werden zu können, wussten sie schon. Ebenso, dass der Farblose kaum zu entdecken war, und Sentisfrin das Schattenreich verlassen hatte, um den Farblosen höchstpersönlich zu formen.

Lars und Rune schlugen die nächste Seite auf, auf der lediglich zwei Sätze standen:

„Das Ziel des Farblosen ist es, einen Menschen körperlich oder seelisch zu vernichten. Dieses Ziel ist unverrückbar, und es ist nicht bekannt, dass es je jemandem gelungen ist, den Farblosen aufzuhalten oder zu besiegen!"

Lars und Rune stockte nicht nur aufgrund des Inhaltes der Sätze das Blut in den Adern, sondern auch, weil unter diesen eine Auflistung aller Menschen stand, die bisher durch einen Farblosen seelisch zu Schaden oder gar durch ihn umgekommen waren. Lars wurde hundeelend:

„Wir müssen unser Leben retten und die Sache mit Eike sofort abbrechen."

Rune schaute Lars an: „Das würde keinen Unterschied machen."

„Wieso? Wenn wir alles sein lassen würden, was mit Lichtsammlern und Schattenspringern zu tun hat, gäbe es doch keinen Grund mehr für den Farblosen, hinter uns her sein zu müssen!"

"Du hast es selbst gelesen. Das Ziel ist unverrückbar. Das heißt für mich, dass der Farblose nie von seinem Ziel abweichen wird. Egal, was wir tun", antwortete Rune und fügte aufgewühlt hinzu: „Aber eigentlich spielt das auch gar keine Rolle. Ich lasse Eike nicht allein, wenn ich weiß, dass er sich in einer Notlage befindet."

„Ich bin mir da nicht so sicher."

„Worauf bezogen?", fragte Rune.

„Darauf, ob wir die Aktion mit Eike nicht doch abbrechen sollten", antwortete Lars. „Papa hat uns doch auch erst erklärt, dass wir uns nicht selbst in Lebensgefahr bringen müssen, um jemand anderem zu helfen."

„Das hatte er gesagt, als wir uns über Ersthelfer bei Unfällen unterhalten haben."

Schulterzuckend sagte Lars: „Ist es nicht egal, um welche Situation es geht?"

„Vielleicht müssen wir ja auch gar nicht alles sein lassen und es gibt trotz allem eine Lösung, wie wir den Farblosen stoppen können."

Lars hielt Rune entgegen: „Du hast doch selbst gerade vorgelesen: Dieses Ziel ist unverrückbar und…"

„…es ist nicht bekannt, dass es je jemandem gelungen ist, ihn aufzuhalten oder zu besiegen! Ich weiß, das steht da. Aber vielleicht weiß das Buch nicht alles? Dort steht nur, dass es dem Buch nicht bekannt ist. Und vielleicht hat es doch mal jemand geschafft und das Buch weiß es nur nicht?"

Lars hatte von jeher Probleme mit der extrem positiven Lebenseinstellung seines Bruders. Nicht nur mit der seines Bruders, auch sein Vater war so. In jeder noch so misslichen Lebenslage sagte sein Vater voller Überzeugung:

„Freue dich, Gott macht was draus."

Lars wäre zwar auch gerne so wie die beiden gewesen, er war es aber nun mal nicht und machte auch keinen Hehl daraus: „Du und Papa. Immer nur das Positive sehen, egal wie die Situation ist. Ich kann das nicht. Ich habe einfach entsetzliche Angst."

„Ich sehe nicht alles positiv. Ich gebe nur nicht gleich auf. Das ist der Unterschied zwischen uns beiden."

„Ich habe jetzt echt keine Lust, über unsere Unterschiede zu philosophieren. Hast du den Engelbrecher vergessen? Wie gefährlich wird dann wohl erst so ein Farbloser sein?"

„Tchil war mächtiger als der Engelbrecher. Warum sollte er uns nicht auch dieses Mal helfen können?"

Lars schaute sich demonstrativ im Raum um und sagte dann gereizt: „Vielleicht, weil er nicht hier ist, um uns zu beschützen?"

Rune wusste nicht, was er darauf erwidern sollte. Er war zwar grundsätzlich mutiger und zuversichtlicher als sein Bruder, aber auch nicht lebensmüde. Er hätte selbst gerne gewusst, wo Tchil steckte, weil er sich ohne ihn hilflos im Kampf gegen den Farblosen fühlte. Trotzdem sagte er: „Solange Tchil nicht hier ist, müssen wir uns eben selbst helfen. Vielleicht weiß das Buch Rat, was wir tun können?!"

Lars drehte sich zur Seite und knurrte gereizt:

„Da kannst du gerne alleine nachschauen. Ich bin todmüde und will schlafen. Und wecke mich bloß nicht auf, bevor du eine Lösung hast."

Rune schaute seinen Bruder an, der sich zur

Wand drehte und sich intensiv unter seinen schulterlangen Haaren im Nacken kratzte.

„Was hast du da im Nacken?"

„Keine Ahnung. Irgendetwas hängt da im Haar seit heute Nachmittag, aber ich kriege es nicht zu fassen", antwortete Lars.

Rune stand auf und zog Lars am Arm:

„Komm, lass mich im Bad mal nachschauen."

So dunkel, so kalt.

Nackensemper

Lars sträubte sich dagegen, von Rune ins Bad gezogen zu werden. Aber Rune ließ nicht nach und bugsierte ihn sanft unter die helle Badezimmerlampe: „Nun stell dich nicht so an. Ich schaue nur kurz, was da so juckt, und dann kannst du schlafen gehen."

Doch kaum hatte Rune Lars Haare berührt, hörten sie ein aggressives Fauchen und Rune wich vor Lars zurück: „Ich glaube, da ist etwas unter deinen Haaren."

Lars drehte sich zu Rune um: „Da bewegt sich etwas in meinem Nacken. Mach das weg!"

Rune wusste nicht so recht, was er tun sollte. Vorsichtig näherte er sich mit der Hand Lars Nacken und hob Stück für Stück die Haare an: „Ich kann nichts sehen."

Er hob die Haare etwas höher und verharrte dann in der Bewegung. Etwas funkelte ihn aus mehreren Augen bedrohlich an.

„Hast du die Karten dabei?", wisperte Rune.

Lars nickte, und sofort reagierte das Wesen und fauchte Rune bedrohlich an.

„Aktiviere Tchil! Aber nur durch Gedanken. Beweg dich auf keinen Fall noch einmal."

„Aber Tchil ist doch weg, was soll das bringen?", fragte Lars mit ängstlicher Stimme.

„Verdammt. Weißt du etwas Besseres? Mach!'",
zischte Rune, der nervös das winzige Wesen mit
den verschiedenartigen und gegensätzlichen Augen beobachtete. Doch bevor Lars versuchen
konnte, Tchil zu aktivieren, ließ das Wesen Lars
Haare los und sprang mit einem gewaltigen Satz
auf Runes Gesicht zu. Rune riss reflexartig die
Arme hoch und wehrte es ab. Das Wesen versuchte sich noch an Runes Händen festzubeißen, doch
Rune gelang es, es abzuschütteln, und auf den
Boden zu schleudern. Kaum hatte es diesen berührt, stieg weißer Rauch auf, und Lars und Rune
konnten nicht sehen, wohin es floh. Lars schaute
Rune panisch an: „Hatte das was mit dem Farblosen zu tun?"

„Ich habe keine Ahnung, ob das etwas mit dem
Farblosen zu tun hat. Tchil hatte einen menschlichen Umriss auf dem Bildschirm erkannt. Vielleicht warst das ja du, weil dieses Wesen auf dir
war, und es gibt gar keinen Farblosen?"

Lars blickte Rune an: „Das glaubst du doch
selbst nicht, oder?"

Rune schüttelte den Kopf: „Nein, du hast
Recht. Das wäre wohl zu einfach. Aber wo ist
dieses Ding, und was wollte es von dir?"

„Keine Ahnung. Aber seitdem es weg ist, fühle
ich mich besser."

„Das ist gut. Aber wir müssen es trotzdem suchen und fangen oder was auch immer."

„Das müssen wir definitiv. Ich gehe doch nicht schlafen, bevor ich nicht weiß, wo dieses Vieh ist."

Lars schlug vor, im Handbuch nachzuschauen, ob es ein Kapitel zu dem Thema gab. Rune stimmte zu, und sie gingen in ihr Ferienzimmer. Jedoch war das Handbuch nicht mehr dort, wo Rune es zurückgelassen hatte. Rune nahm aus dem Kartendeck die Karte mit dem Buchregal in die Hand und sah, dass das Buch „L&S" wieder an seinem Platz im Regal stand. Rune aktivierte die Karte erneut, und gemeinsam suchten sie unter den Kapiteln ein Thema, dass sich mit dem Wesen unter Lars Haaren beschäftigte. Sie wussten zwar nicht, wie es hieß oder welche Aufgabe es hatte, dennoch waren sie zuversichtlich, etwas zu finden. Als sie bei Kapitel 23 angekommen waren, sprang ihnen die Überschrift „Eliminierung einer Nackensemper" ins Auge.

„Das könnte es sein", sagte Lars.

„Dann lass uns mal das Kapitel lesen", antwortete Rune und fügte hinzu: „Aber vorher sollten wir Spio aktivieren. Sie müsste dieses glubschäugige Wesen doch aufspüren können."

Lars fand den Vorschlag gut, aktivierte Spio

und gab ihr den Auftrag, im gesamten Haus nach Angstsäern zu suchen. Dann schlug er das Kapitel 23 auf und las laut vor:

„Die Nackensemper gehört zu den spinnenartigen Angstsäern. Sie verfügt über unzählige Augen, die sie in Bruchteilen von Sekunden vergrößern kann, um ihre Gegner zu hypnotisieren. Während der Hypnose kann sie ihrem Opfer erheblichen Schaden zufügen oder sich heimlich an ihm festsetzen. Solange die Nackensemper unentdeckt bleibt, kann sie nicht nur das jeweilige Lebewesen und dessen Umgebung ausspionieren, sondern auch den Gemütszustand beeinflussen. Befallene leiden unter bleierner Müdigkeit und ungewohnten Gefühlsschwankungen. Das bevorzugte Versteck der Nackensemper ist der Nacken des Lebewesens, an dem sie sich mit ihren winzigen und messerscharfen Krallen nebst Widerhaken festklammert. Eine Nackensemper ist schwierig zu fangen, da sie zur Tarnung einen weißen, aber undurchsichtigen Rauch produzieren und sich so dem Zugriff entziehen kann. Zudem kann sie ihre Form jederzeit verändern und eine immense und bedrohliche Größe annehmen. Da die Nackensemper nur wenige Tage außerhalb des Schattenreiches überleben kann, sollte sie mittels des vierglasigen Käfigs bis zu ihrem Tod festgesetzt werden.

Die Hauptaufgabe der Nackensemper ist es, dem Farblosen als Peilsender zu dienen und ihm den Aufenthalt des auszulöschenden Objektes anzuzeigen."

Lars und Rune schauten sich stumm an. Beide begriffen, was das zu bedeuten hatte: Der Farblose war von der Nackensemper anscheinend schon in ihre unmittelbare Nähe geführt worden und lauerte nun auf seine Chance, sie anzugreifen. Lars sagte als Erster etwas: „Anscheinend hast du Recht mit dem, was du vorhin gesagt hast und es ist egal, was wir tun. Ob wir uns dagegen entscheiden, Schattenspringer zu sein oder Eike zu helfen oder auch nicht. Die Angstsäer haben es auf uns abgesehen und werden nicht davon abrücken."

Rune verzog das Gesicht und nickte zustimmend: „Und unser Leben hängt davon ab, ob uns der Farblose erwischt oder nicht."

Lars musste trotz der düsteren Lage grinsen. Rune schaute ihn verwundert an und fragte, was so lustig an der Tatsache sei, dass es um ihr Leben ging. Lars antwortete nicht, sondern grinste mittlerweile über das ganze Gesicht. Er konnte gar nicht mehr damit aufhören und versuchte mühsam ein Glucksen zu unterdrücken. Doch in seiner Kehle stieg ein Lachen auf, dass er nicht mehr kontrollieren konnte. Rune war sichtlich irritiert:

„Was ist denn bloß so lustig?"

„Du müsstest mal dein Gesicht sehen, wenn du das Gefühl hast, am Arsch zu sein."

Rune zog die Augenbrauen hoch, grinste aber zaghaft. So langsam verstand er, worüber Lars lachte.

„Und dann stell ich mir vor, dass das dein letztes Gesicht wäre, wenn du stirbst und die Leute würden dich so beim Abschied sehen", prustete Lars lachend.

Lars Lachen war so ansteckend, dass Rune sich nicht länger dagegen wehren konnte und lauthals mitlachte. Sie waren sich der ernsten Lage durchaus bewusst, und vielleicht klang das Lachen dadurch etwas hysterisch, aber es tat ihnen gut. Als Lars langsam zu Atmen kam, sagte er auf dem Rücken liegend mit einem breiten Grinsen im Gesicht: „Und nun lass uns dieses Ding da wegsperren, damit wir schlafen können."

Rune richtete sich auf, setzte sich in den Schneidersitz und grinste ebenso: „Das tat gut. Aber du hast Recht. Dann lass uns das blöde Vieh mit dem vierglasigen Käfig, oder wie der hieß, einfangen und aushungern."

Lars setzte sich ebenfalls auf und nahm das Handbuch in die Hand: „Würde mich mal interessieren, ob das Ding in diesem Käfig dann weiterhin als Peilsender funktioniert?!"

Lars und Rune lasen nochmal das Kapitel über die Nackensemper durch, entdeckten aber nichts, was ihre Frage beantwortet hätte. Im Inhaltsverzeichnis fanden sie schließlich das Kapitel „Vierglasiger Käfig":

„Der Vierglasige Käfig besteht aus vier unterschiedlich starken Glaswänden, die mit einem Bann belegt sind. Ein Entkommen des gefangenen Objektes und ein Eindringen von außen in den Käfig ist unmöglich, solange dieser nicht deaktiviert wird. Durch die Glaswände ist keine Verständigung mit der Außenwelt möglich. Das gefangene Objekt ist somit de facto inexistent. Zur Handhabung reicht es aus, den vierglasigen Käfig über das jeweilige Objekt zu werfen. Dabei spielt die Größe keine Rolle, da sich der Käfig automatisch anpasst."

Lars murrte etwas: „Wozu diese Fremdwörter? Geht es auch nicht so geschwollen?"

Rune stand auf und grinste Lars von oben herab an: „Das Buch ist mit Sicherheit mal für Erwachsene geschrieben worden. Außerdem 'inexistent, und 'de facto, wirst du ja wohl verstehen. Oder bist du in Latein so schlecht geworden?"

Lars schwieg. Natürlich wusste er, dass „de facto" so viel wie „tatsächlich, nach Lage der Dinge" bedeutete, und „inexistent", dass etwas praktisch nicht vorhanden war. Es erinnerte ihn aber auch daran, dass er sich bisher nicht getraut hatte, sein Zeugnis zu zeigen. Die Note in Latein wollte er so lange wie möglich verheimlichen. Rune holte ihn aus seinen Gedanken, indem er ihn mit dem Fuß anstieß und ihm die Hand entgegenstreckte. Lars schlug ein und ließ sich hochziehen. Kaum stand er, erschien Spio zwischen ihnen und teilte ihnen mit, dass sich die Nackensemper im Gästezimmer in dem alten Kuscheltier von Lars versteckt hielt. Rune stellte umgehend das Handbuch in das Regal auf der Karte zurück und deaktivierte Spio. Dann gingen sie leise über den Flur in das Gästezimmer, schlossen die Tür hinter sich und blieben ohne weiter in den Raum zu gehen stehen.

Lars schaute auf sein altes rotes Kuschelpferd und vermutete, dass sich das Wesen unter der Mähne versteckte. Er holte das Kartendeck hervor und aktivierte die Karte „Vierglasiger Käfig". Zu seiner Verwunderung erschien nicht wie erwartet ein Käfig, sondern etwas, das nicht nur wie ein extrem dünner, glasiger und ausgerollter Pizzateig aussah, sondern sich auch wie ein formbarer Teig anfühlte. Lars ging ein Stück näher heran und warf dann die gläserne Masse über das rote Pferd mit der weißen Mähne. Doch anstatt, dass sich ein vierglasiger Käfig über diesem formte, schauten Lars und Rune verblüfft auf die teigige Masse, die auf dem Pferd lag und zu beiden Seiten langsam herabglitt.

„Hätten wir irgendeinen Befehl geben müssen?", fragte Rune.

„Ich vermute eher, dass das Wesen nicht mehr da ist, wo Spio es entdeckt hatte", antwortete Lars.

„Das kann sein, aber lass sie uns zur Sicherheit nochmal aktivieren."

Lars aktivierte Spio. Allerdings fand diese weder im Gästezimmer ein Anzeichen für einen Angstsäer, noch nach längerer Suche im gesamten Haus.

Lars und Rune wussten nicht, was sie tun sollten und standen unschlüssig im Raum:

„Heißt das, dass das Ding geflohen ist?"

„Vermutlich. Lass uns einfach schlafen gehen."

„Und wie soll ich schlafen, wenn dieses Vieh eventuell noch irgendwo in der Nähe des Hauses ist?", fragte Lars verärgert und gleichzeitig ängstlich.

„Wir nehmen einfach die Schlafkarte, dann bekommen wir gar nichts mehr mit und haben unsere Ruhe."

„Ganz tolle Idee. Und wenn die Nackensemper nachts zurückkommt?"

„Ich bin mir sicher, dass sie nicht wiederkommen wird."

„Warum bist du dir da so sicher?", fragte Lars.

„Weil dieses Ding den Farblosen wahrscheinlich schon längst in unsere Nähe geführt hat."

Lars zuckte bei der Antwort von Rune innerlich zusammen und biss sich vor Angst dermaßen auf die Lippe, dass sie zu bluten begann. Ohne Rune anzuschauen verließ er den Raum, ging in ihr Zimmer und ließ sich auf sein Bett fallen. Rune folgte ihm schweigend und aktivierte ohne weitere Rücksprache die Schlafkarte.

Kaum waren Lars und Rune eingeschlafen, strömten unzählige Lichtwesen auf das Gelände. Die kampferprobtesten und mächtigsten Engel positionierten sich im und vor dem Zimmer von Lars und Rune. Und auch Tchil tauchte immer wieder zwischen den Lichtwesen auf und gab strikte Befehle. Rune hatte Recht. Der Farblose war bereits in ihrer Nähe und Tchil versuchte mit aller Macht, ihr Leben zu schützen.

Kannst du sie sehen?
Ja, Herr

Das Anagramm

Unter Lars Bett erklang am nächsten Morgen die Werder Bremen-Hymne. Verschlafen tastete er nach seinem Handy, drückte die Annahmetaste und nuschelte ein kaum verständliches „Ja".

Es war ihr Freund Frank, der egal, ob es Ferien waren oder nicht, immer früh aufstand, um die Schweine zu füttern und daher auch keine Hemmungen hatte, ebenso früh bei Lars und Rune anzurufen. Er wollte sie mit zum Angeln an den Feuerlöschteich im Sellingsloh nehmen. Lars sagte umgehend zu, weil es etwas Besonderes war, dort zu angeln. Die Aussichten auf richtig große Fische lagen zwar bei null, lediglich kleine Karpfen oder Karauschen waren zu erwarten, aber niemand sonst durfte dort angeln und sie hatten den kleinen Teich daher immer für sich. Zudem setzten sie die Fische eh zurück, sodass Lars es mit seinem Gewissen vereinbaren konnte, überhaupt zu angeln.

Lars stieß mit dem Fuß mehrmals gegen das obere Bett und erzählte Rune voller Begeisterung von der Verabredung. Schlaftrunken richtete sich Rune im Bett auf: „Was ist? Angeln? Heute Nachmittag? Hast du den Farblosen vergessen?"

Alle Vorfreude wich aus Lars Gesicht. Den

Farblosen hatte er, verschlafen wie er war, tatsächlich komplett vergessen:

„Okay, ich schicke ihm gleich eine Nachricht und sage ihm ab." Und fügte dann niedergeschlagen hinzu: „Ist unser Leben, so wie wir es vorher hatten, eigentlich für immer vorbei?"

„Keine Ahnung", seufzte Rune. „Ich würde ja auch gerne angeln. Aber allein und schutzlos im Wald?"

Lars sprang aus dem Bett und ging Richtung Tür:

„Ne, schon gut. Vergiss es. Ich will da jetzt auch gar nicht mehr darüber sprechen. Ich habe Hunger und gehe frühstücken."

„Hervorragende Idee. Wollen wir uns Pancakes machen?"

Da ihre Eltern nicht zu sehen oder zu hören waren, nutzten Lars und Rune die Gelegenheit und aßen und tranken zu den Pancakes, wonach ihnen der Sinn stand. Sie grinsten beide über das ganze Gesicht, als sie den Blick über den Küchentisch schweifen ließen. Ihre Mutter würde die Hände über dem Kopf zusammenschlagen, wenn sie sehen würde, was und wie viel Lars und Rune in sich hineingestopft hatten. Lars hielt sich den Bauch und seufzte glücklich: „Einen könnte ich trotzdem noch vertragen. Wie wäre es, wenn wir die letzten beiden mit Eis essen?"

Rune stand auf, holte das vegane Eis aus dem Gefrierfach und verteilte großzügig zwei große Portionen auf den letzten beiden Pancakes: „Danach platze ich aber."

Lars und Rune hatten kaum die Hälfte gegessen, als es an der Haustür klingelte. Sie hoben nur träge den Blick von ihren Tellern und ignorierten das Klingeln. Als es aber ein zweites Mal wesentlich eindringlicher klingelte, gingen sie doch zur Tür und sahen zu ihrer Überraschung Clara und Rieke davor stehen:

„Wir waren gerade bei Bösches. Und da Norbert und Ringo eine Runde außerhalb der Reithalle drehen sollten, dachten wir uns, wir kommen mal kurz vorbei und fragen wegen Donnerstag nach."

„Ach so, und ich dachte, es geht um die Taufe", sagte Rune.

„Nein, das haben meine Eltern vorhin per Telefon schon alles geklärt", antwortete Rieke. „Die Taufe wird in den Sommerferien stattfinden. Also, was ist mit Donnerstag? Wann sollen wir kommen?"

„Und kann Brit auch mitkommen? Es ist ja Ernte und nicht viel Spannendes bei uns los", fügte Clara hinzu.

„Klar kann Brit mitkommen", antwortete Rune mit einem verschmitzten Grinsen. Er wusste nur zu genau, dass sein Bruder ein Auge auf sie geworfen hatte.

„Gut, dann ist das ja schon mal geklärt", sagte Clara und band Norbert am Treppengeländer fest: „Dann können wir doch eigentlich gleich die Lagerfeuer-Party planen, oder?"

Verdutzt schaute Rieke Clara an. Mit diesem Vorschlag hatte sie nicht gerechnet. Da Clara aber anscheinend überzeugt war, das jetzt machen zu wollen, und auch keine Einwände von Lars und Rune kamen, band sie ihr Pferd ebenfalls an der anderen Seite des Treppengeländers an: „Aber nicht so lange. Karin hat gesagt, dass wir spätestens um halb elf zurück sein sollen. Außerdem ist es schon ganz schön warm, und die Pferde brauchen bald etwas Wasser."

Als Rune das hörte, sprang er auf und holte zwei Zehn-Liter-Eimer aus dem kleinem Geräteschuppen neben der Garage. Mit dem Gartenschlauch, den ihre Mutter zum Besprengen der Blumen immer bereitliegen hatte, füllte er die Eimer mit Wasser auf und trug sie zu den Pferden. Norbert und Ringo steckten umgehend ihre Mäuler hinein und fingen an zu saufen.

Rune genoss die unerwartete Nähe von Rieke,

die sich seitlich versetzt eine Stufe unterhalb von ihm gesetzt hatte. Wenn sie so nah war, spürte er, dass sie für ihn mehr war als nur eine Schulfreundin. Hätte man ihn in diesem Moment gefragt, ob er Schmetterlinge im Bauch hätte, hätte er dies nicht leugnen können. Er fand den Begriff zwar total kitschig, aber genau so war das Gefühl. Gedankenverloren schaute er dem Zitronenfalter zu, der unbeschwert vor ihnen gaukelte und die Sonne reflektierte. Genau so.

„Rune, träumst du?" Lars stieß ihn mit dem Ellenbogen an.

Irritiert fiel Runes Blick zuerst auf Rieke und schwenkte dann zu Lars rüber: „Wie bitte?"

Clara und Lars mussten übers Runes Gesichtsausdruck schallend lachen, und Clara fragte:

„Wo warst du denn in Gedanken?"

Rune schwieg verlegen und schaute verstohlen zu Rieke, die zu ihm hochschaute, aber nicht wie die anderen lachte. Rune wusste nicht viel darüber, wie man in den Augen anderer las, aber was er in ihren Augen sah, wirkte auf ihn so, als wüsste sie, wo er in Gedanken gewesen war.

„Wird Schweigen dein zweiter Vorname oder was?", witzelte Clara, als sie von Rune keine Antwort erhielten. Lars sprang ihm bei und wiederholte die Frage, ob sie auf Wunsch von Clara auch Birk einladen sollten. Rune verstand zwar nicht, was sich Clara davon versprach, da jeder in der Schule wusste, dass Birk zur Zeit nur Augen für seine Kamera hatte. Er hatte aber auch nichts dagegen. Da nun feststand, wer alles zur Lager-feuer-Party kommen würde, richteten sie auf ihrem Handy einen Gruppen-Chat ein und teilten darüber mit, wer was an Essen und Trinken mit-bringen sollte beziehungsweise ob genug Zelte, Schlafsäcke und Isomatten vorhanden waren. Kaum hatten sie dies erledigt, mahnte Rieke Clara zum Aufbruch. Rune hätte gerne mehr Zeit mit Rieke verbracht und fragte die beiden daher, ob sie nicht noch Lust hätten zu bleiben, um gemein-sam eine Runde durchs Dorf zu ziehen.

„Das geht leider nicht", antwortete Rieke und band Ringo vom Treppengeländer los. „Die Fe-rienkinder, die bei Bösches einquartiert sind, ha-ben gleich ihre Reitstunden. Daher müssen die Pferde zurück."

„Na gut", Lars sprang von der Treppe auf. „Dann begleiten wir euch mit den Rädern ein Stück, wenn das für euch okay ist?! Ich soll Bö-sches eh etwas von meinem Vater ausrichten."

Die Mädchen waren einverstanden, und Rune war dankbar für Lars Vorschlag. Anscheinend ging es Rieke genauso, denn dieses Mal war sie es, die Rune verstohlen ansah. Doch Rune schwang sich bereits auf sein BMX-Rad und bemerkte es nicht. Da Lars und Rune nicht genau wussten, worüber sie sich mit den Mädchen unterhalten sollten, fuhren sie mit ihren Rädern mal ein Stück vor ihnen her oder ließen sich ein Stück hinter die Mädchen zurückfallen. Als sie beim Poggenbrink abbogen, kam ihnen ihr Fußballkamerad AbbelTabbel entgegen und fordert sie auf, kurz stehen zu bleiben. Er wollte von ihnen wissen, ob sie Mosi gesehen hätten, da auf dem Hof Helfer für den Abtransport der Hühner gebraucht wurden. Lars und Rune verneinten und fuhren den Mädchen nach. Bevor sie die beiden eingeholt hatten, flüsterte Rune Lars zu: „Ist dir eigentlich bewusst, dass wir gar nicht wissen, wer gestern Vormittag alles auf dem Gelände war und damit jeder, also auch AbbelTabbel der Farblose sein könnte?"

Lars hörte auf, in die Pedale zu treten, ließ sich rollen und deutete mit dem Kinn Richtung der Mädchen:

„Von Eike und Rieke wissen wir, dass sie auf dem Gelände waren!"

Rune schluckte. Daran hatte er gar nicht gedacht. Aber dass das Schattenreich Kinder wie sie benutzte, konnte und wollte er sich nicht vorstellen. Nachdenklich blickte er den Mädchen, die mittlerweile schon am Ferienhaus Zwetschenbrummer vorbei waren, hinterher.

Auf dem Hof angekommen schauten sie eine Weile eher desinteressiert dabei zu, wie sich die Stadtferienkinder beim Reiten anstellten. Als Rieke und Clara anschließend zum Stall ausmisten gingen, verlor Lars endgültig die Lust und schlug vor, nach Hause zu fahren. Aber Rune wollte noch bleiben. Er bat Lars daher, ihm zu sagen, was er Bösches ausrichten sollte, damit er das dann später erledigen könnte. Lars grinste: „Nichts. Das habe ich doch nur gesagt, damit wir einen Grund hatten, mitzukommen. Damit es nicht so auffällt, dass du total in Rieke verliebt bist und ihr wohl gerade überallhin folgen würdest, Bruderherz."

Sein Bruder hatte absolut Recht. Ihm war vorhin auf der Treppe bewusst geworden, was er für Rieke empfand, und er hatte keine Lust, das zu verheimlichen. Zumindest nicht vor seinem Bruder: „Durchschaut, Bruderherz."

Dann griff er sich grinsend eine Forke und hob ohne sich nochmals nach Lars umzudrehen die Hand lässig zum Gruß.

Die Mädchen waren zunächst verblüfft, als sie Rune die Pferdeboxen entlangschlendern sahen, hatten aber nichts dagegen, dass er ihnen half.

Und Rune hatte nichts gegen die Arbeit. Er mochte den Geruch von Stroh, von Pferden, sogar den Geruch der Pferdeäpfel. Sie arbeiteten eine Weile schweigend nebeneinander, bis Rune endlich etwas einfiel, worüber er mit Rieke sprechen konnte. Er wusste zwar teilweise die Antwort auf seine Frage, stellte sie aber trotzdem, weil er hoffte, dass sich daraus ein Gespräch entwickeln würde: „Warum bist du eigentlich nicht getauft?"

„Hat dir dein Vater das nicht erzählt?"

„Nein", flunkerte Rune bewusst, damit sie weiter erzählte.

„Weil meine Eltern es mir überlassen wollten, ob und wann ich getauft werden möchte", antwortete Rieke und fuhr dann fort: „Beziehungsweise ob ich überhaupt das Christentum, eine andere oder sogar gar keine Religion für mich wähle."

„Sind deine Eltern Atheisten oder warum haben sie dich frei entscheiden lassen?"

Rieke schüttelte energisch mit dem Kopf: „Ganz und gar nicht. Mein Vater ist überzeugter Christ. Und wir sprechen sehr viel über Glauben und solche Dinge."

Rune verstand es nicht und hakte nach: „Aber wieso hat er dich dann nicht taufen lassen, wenn er überzeugter Christ ist?"

„Er ist der Meinung, dass Gott jeden Menschen

liebt, auch wenn dieser nicht getauft ist. Dass Gott mit Sicherheit geduldig warten würde, bis ich so weit wäre, und sich dann vielleicht sogar mehr über die Taufe freuen würde, weil ich mich dann ja bewusst für den christlichen Glauben entschieden hätte."

Rune schwieg und musste erst mal über Riekes Worte nachdenken:

„Dann hat dich der Glaube deines Vaters letztendlich doch überzeugt, dich taufen zu lassen?"

„Nein, mein Vater war es nicht. Es war…", Rieke zögerte. Sie hatte sich mit Rune noch nie über solche persönlichen Dinge unterhalten und wusste nicht, ob sie es ihm sagen sollte oder nicht. Schließlich räusperte sie sich und sagte: „Es war dein Vater."

Rune wollte gerade eine Forke voll mit Mist auf die Schubkarre werfen, hielt nun aber perplex mitten in der Bewegung inne und ließ diese sinken. Mit dieser Antwort hatte er nicht gerechnet. Sein Vater war zwar Pastor in Wechold, aber aufgrund seiner missionarischen Art bei den Kindern und Jugendlichen nicht unbedingt beliebt.

„Mein Vater?", hakte Rune daher auch skeptisch nach.

Rieke lächelte etwas verlegen: „Ja, dein Vater hat mich überzeugt."

Rune schaute Rieke an und lächelte: „Wahrscheinlich hat er stundenlang auf dich eingeredet, und als du es nicht mehr hören konntest, hast du einfach ja gesagt, damit er mit seinem Vortrag endlich aufhört, stimmt's?"

„Dein Vater kann echt anstrengend sein, das stimmt. Aber das war nicht der Grund", antwortete Rieke.

„Was war es dann?"

Rieke wich Runes Blick aus und auch Claras, die ihnen die ganze Zeit schweigend zugehört hatte. Sie hatte es bisher niemandem gesagt, auch ihren Eltern nicht: „Der Grund ist, dass dein Vater der einzige Erwachsene ist, bei dem ich wirklich spüren kann, dass er von ganzem Herzen an das glaubt, was er über Gott und Jesus sagt."

Rune ließ Riekes Antwort erst mal sacken und begann aufs Neue, seine Forke mit Mist zu beladen. Es stimmte, was sie sagte. Er kannte auch keinen Erwachsenen, der so beseelt war, wenn er von seinen Glaubenserfahrungen und seiner Beziehung zu Jesus sprach. Er lächelte und schaute Rieke an. Er wollte ihr umgehend eine kleine Anekdote zu dem Thema von ihm und seinem Vater erzählen, als sein Handy klingelte. Es war Lars, der ihn eindringlich aufforderte, nach Hause zu kommen. Da Rune keine Ahnung hatte, worum es ging, und er auch nicht nachfragen konnte, weil Lars bereits aufgelegt hatte, verabschiedete er sich hastig von Rieke und Clara und fuhr so schnell er konnte zurück. Er fühlte sich unwohl, Rieke mitten im Gespräch einfach so stehengelassen zu haben, und beschloss, ihr später eine Nachricht zu schicken. Zuhause angekommen ließ er das Rad auf dem Rasen fallen und stürmte ins Haus. Er hatte kaum die Haustür hinter sich geschlossen, als auch schon sein Vater aus dem Arbeitszimmer trat und ihn mit einem vorwurfsvollen Unterton fragte: „Du weißt also doch, wie man Haustüren schließt?"

Rune schaute seinen Vater verwirrt an: „Bitte, was?"

„Das nächste Mal, wenn keiner da ist, schließt gefälligst einer von euch die Haustür ab. Die Kollekte von Sonntag liegt hinten im Archiv, die hätte jeder einfach mitnehmen können."

„Oh, tut mir leid", stammelte Rune entschuldigend. „Wir dachten, ihr seid irgendwo im Haus oder im Garten."

„Ja, das hat Lars auch schon gesagt. Trotzdem müsst ihr euch vergewissern, dass jemand zuhause ist, bevor ihr weggeht und die Tür offen lasst, okay?"

„Okay", antwortete Rune schuldbewusst. „Wird nicht wieder passieren, versprochen."

Sein Vater entließ ihn mit einem freundschaftlichen Klaps auf den Hinterkopf und Rune ging unverzüglich nach oben ins Ferienzimmer. Lars erwartete ihn schon ungeduldig:

„Los, komm rein und mach die Tür hinter dir zu."

„Was machst du denn für einen Stress?", fragte Rune ihn genervt. Er wäre viel lieber bei Rieke geblieben, als wegen so einer Lappalie zuhause sein zu müssen.

„Nur, weil wir die Haustür offengelassen haben, hätte ich doch nicht kommen müssen. Ist doch gar nichts passiert."

„Mach die Tür zu und halt einfach mal die Klappe."

Unwirsch schloss Rune die Tür und stellte sich zu seinem Bruder ans Fenster: „Und? Was gibt es so Wichtiges?"

„Bist du blind?", fragte Lars aufgebracht und fuchtelte wild Richtung Tür. Rune zuckte zusammen, als er sah, was Lars ihm zeigen wollte. Jemand hatte etwas auf die Rückseite der Tür geschrieben.

teltirmhfebit

Nachdem Rune den ersten Schreck überwunden hatte, versuchte er mit Lars, die wie zufällig aneinandergereihten Buchstaben in einen sinnvollen Zusammenhang zu bringen. Doch es gelang ihnen nicht. Es ergab einfach keinen Sinn.

„Davon mal abgesehen, dass wir nicht wissen, was die Buchstaben bedeuten – vielleicht ist es ja gar keine Botschaft, Drohung oder was auch immer von den Angstsäern, sondern nur ein Scherz von Papa, der uns wegen der offenen Haustür einen kleinen Schrecken einjagen will?"

„Daran habe ich ja noch gar nicht gedacht", grinste Rune. „Hast Recht. Warum gleich das Schlimmste annehmen."

„So oder so wäre es aber schön, wenn es eine App oder so gäbe, die uns die Knobelei abnehmen würde", wünschte sich Lars, der ebenso erleichtert wie sein Bruder über die naheliegendste Lösung war.

In dem Moment fiel Rune ein, was für ein Wortgebilde da an ihrer Tür stand, und er klatschte sich mit der flachen Hand an die Stirn: „Wir Hornochsen. Das ist doch ein Anagramm."

Lars konnte mit der Information nichts anfangen: „Ja und weiter?"

„Frank hatte sich doch in den letzten Tagen vor den Ferien die Zeit im Bus mit Anagrammen vertrieben."

Jetzt erinnerte sich auch Lars:

„Stimmt. Er hat ständig wahllos aneinandergereihte Buchstaben in so eine Art Übersetzungsprogramm eingegeben und dann geschaut, ob das Programm diese zu irgendwelchen sinnvollen Worten zusammensetzen konnte."

„Genau. Ein Anagramm-Generator war das. Und den suche ich jetzt."

Rune schaute mit seinem Handy im Internet nach und wurde fündig: „Dann wollen wir mal sehen, was Papa uns da für einen Streich gespielt hat."

Rune gab die Buchstaben in den Generator ein und es dauerte nur den Bruchteil einer Sekunde, als schon das Ergebnis angezeigt wurde. Es waren insgesamt knapp fünfhundert Lösungsvorschläge, die aus bis zu drei Worten bestanden. Lars und Rune überflogen die ersten Möglichkeiten, die aber alle überhaupt keinen Sinn ergaben. Es waren Wortkombinationen wie:

„BEHELF IM TRITT, BEHELF MIT RITT, BEFEHL IM TRITT, BEFEHL MIT RITT".

Nach den ersten dreihundert teilweise skurrilen Lösungsvorschlägen wollte Lars schon vorschlagen, den Versuch aufzugeben, als eine Reihe begann, in der es sinnvollere Wortzusammenhänge gab: TIBET FEHLT MIR, TIBET EHRT FILM.

Am Ende der Reihe sahen Lars und Rune drei Worte, bei denen es ihnen kalt den Rücken runter lief:

BITTE HELFT MIR.

Lars und Rune gingen zur Sicherheit auch die restlichen Möglichkeiten durch, aber nichts ergab so einen Sinn wie diese drei Worte. Obwohl die Buchstaben nun richtig zusammengesetzt eine Bedeutung hatten, wussten sie nicht, was sie damit anfangen sollten. Die Botschaft bereitete ihnen Unbehagen. Sie wussten weder, wer den Satz an die Tür geschrieben hatte, noch wobei sie helfen sollten. Fest stand für sie nur, dass das kein Scherz ihres Vaters war. Mitten in ihrer Grübelei rief ihre Mutter sie zum Mittagessen. Gedankenverloren gingen sie nach unten ins Esszimmer und setzten sich an den Tisch. Sie nahmen sich gerade Essen, als Herr Stahl an die Tür klopfte und freundlich fragte: „Ob ich wohl eine Kostprobe von ihren Kochkünsten bekommen könnte, gnädige Frau? Das duftet so herrlich".

Ihre Mutter lud Herrn Stahl freudig lächelnd ein, sich zu ihnen zu setzen und als er sich bedient hatte, faltete sie die Hände zum Gebet: „Mag einer von euch Jungs?" Doch Lars und Rune schüttelten den Kopf. Sie beteten ungern vor Fremden.

Während des Mittagessens erzählte Herr Stahl Geschichten, die er während seiner Vagabundenschaft erlebt hatte, und brachte sie damit für eine kurze Zeit auf andere Gedanken. Nach dem Essen gingen sie nach oben in ihr Ferienzimmer. Verwundert stellte Rune beim Schließen der Tür fest, dass das Anagramm verschwunden war: „Hast du das abgewischt?" Lars drehte sich zu Rune um und blickte nun ebenso verblüfft auf die leere Rückseite der Tür: „Nein, bestimmt nicht."

„Dann muss während des Mittagessens jemand hier gewesen sein."

Lars reagierte nicht.

„Hast du mich gehört, Lars? Es muss während des Mittagessens jemand in unserem Zimmer gewesen sein."

„Ich habe dich gehört", antwortete Lars gereizt. „Aber wen sollen wir denn dazu befragen? Und was sollen wir denjenigen fragen? Wir können ja wohl kaum fragen, ob jemand ein Anagramm auf unsere Tür geschrieben und später wieder abgewischt hat! Oder ob er zu den Angstsäern gehört!"

„Stimmt. Es hat überhaupt keinen Sinn, deswegen irgendetwas zu unternehmen. Vielleicht hätte Tchil eine Idee gehabt, aber der ist ja nicht da und lässt uns einfach im Stich."

Lars und Rune warfen sich missmutig auf ihre Betten und überlegten, was sie den Nachmittag über tun sollten. Als ihre Mutter von unten rief, ob sie sich schon umgezogen hätten, schauten sich Lars und Rune irritiert an.

Ihre Mutter schien ihre Ratlosigkeit bis nach unten zu spüren und ergänzte wenige Sekunden später: „Oma".

Da fiel es ihnen siedend heiß wieder ein. Ihre Oma feierte heute Geburtstag. Das hatten sie aufgrund der ganzen Aufregung in den letzten Tagen komplett vergessen. In Windeseile zogen sie sich um und freuten sich riesig über die willkommene Ablenkung. Angesichts der einstündigen Autofahrt bis zu ihrer Oma war es aus ihrer Sicht ausgeschlossen, dass jemand von dort der Farblose sein könnte. Nun konnten sie den ganzen Tag bei ihrer Oma im Garten Fußball spielen, völlig entspannt chillen und bis zum Abend hemmungslos schlemmen. Und das taten sie dann auch.

Als sie spät am Abend aufbrachen, um nach Hause zu fahren, hatten sie es geschafft, nicht ein Mal an den Farblosen oder an das Schattenreich und die damit verbundenen Gefahren zu denken. Wieder zuhause angekommen fielen sie vom vielen Fußball spielen und dem ganzen leckeren Essen erschöpft auf ihre Betten. Keiner von beiden wollte über das reden, was ihnen in den nächsten Tagen bevorstand. Stattdessen ließen sie die zurückliegenden Stunden, in denen sie wie vor der Entdeckung der kleinen Truhe völlig unbeschwert sein konnten, Revue passieren und hörten schweigend Musik. Als die CD zu Ende war, aktivierten sie tiefenentspannt die Schlafkarte, um sicher zu gehen, dass sie die schöne Stimmung mit in ihre Träume nahmen, und glitten schon bald über in den vorprogrammierten Schlaf.

Lars und Rune schliefen schon lange tief und fest, als sich jemand ihrem Zimmer näherte. Die von Tchil positionierten Wächter erkannten keine Gefahr. Sie regten sich weder, als die Türklinke heruntergedrückt wurde, noch als der Eindringling ohne Umschweife auf ihr Bett zu ging und sich zu verwandeln begann.

Er will, dass ich euch vernichte.
Jetzt!

Der Traum

Lars warf sich im Schlaf unruhig hin und her. Er träumte, dass der Farblose an seinem Bett stehen und die Hand nach ihm ausstrecken würde. Stück für Stück näherte sich diese seinem Hals und wurde dabei größer und größer. Fieberhaft versuchte er, der bläulich schimmernden und Eiseskälte verströmenden Hand zu entkommen. Panisch schrie er nach Rune, während er mit beiden Händen wild gegen die eisige Kralle schlug, die sich langsam um seinen Hals schloss. Doch Rune hörte ihn nicht. Unverhofft tauchte wie aus dem Nichts eine Schar schwerbewaffneter Engel vor seinem Bett auf und griff den Farblosen an. Aus ihren Händen und Mündern stießen immer und immer wieder Flammen, die nach und nach begannen, den Farblosen zu schmelzen. Auch als der Farblose die Hand von Lars Hals löste, hörten die Engel nicht auf, Feuer zu speien. Der Farblose stand wie gebannt vor dem Bett und von den Rändern seiner brennenden Kleidung stieg Rauch auf. Kein Klagelaut kam aus seinem Mund, nur ein schriller werdendes Piepen war deutlich zu hören. Doch Lars konnte nicht orten, woher das Piepen kam. Auch als der Farblose sich aus seiner Starre löste und aus dem Zimmer floh, hörte der nervige Piepton nicht auf. Lars hielt sich mit beiden Händen die Ohren zu und schaute sich ängstlich im Raum um. Doch sowohl der Farblose als auch die Engel waren verschwunden. Der Traum glitt über in eine andere Szene, in einen wunderschönen Sommertag, an dem er friedlich im Bett lag und sein Vater ihn an der Schulter rüttelte, um ihn zu wecken. Nur der Piepton hörte auch in dieser Traumsequenz nicht auf.

„Lars!" Doch so sehr sein Vater auch an ihm rüttelte, er wachte nicht auf. „Was ist denn los mit den beiden? Der Rauchmelder piept wie verrückt und sie wachen überhaupt nicht auf."

Ihre Mutter gab es auch auf, Rune wach zu bekommen: „Komm stell erst mal den Rauchmelder ab. Ist ja ganz offensichtlich ein Fehlalarm."

Ihr Vater schaltete den Rauchmelder ab und schaute sich dann im Zimmer um:

„Also, hier brennt definitiv nichts. Kein Qualm. Gar nichts."

Ihre Mutter schaute auf den Boden vor dem Etagenbett und schüttelte den Kopf: „Ich hole erst Mal ein Handtuch und wische das ganze Wasser hier vor dem Bett auf. Ist ja nass hier, als wäre eine Sprinkleranlage ausgelöst worden."

Bevor ihre Eltern aus dem Zimmer gingen,

strichen sie Lars und Rune nochmal sanft über den Kopf und lächelten sich dabei an. So groß die Brüder auch schon waren, ihre Eltern zeigten ihnen immer, wie lieb sie sie hatten, ob sie nun wach waren oder schliefen.

Lars und Rune waren kaum wie auf Knopfdruck zum vereinbarten Zeitpunkt aufgewacht, als ihre Mutter auch schon den Kopf zur Tür hereinsteckte:

„Na, seid ihr endlich von den Toten erwacht?"

„Wieso? Wir haben ganz normal geschlafen."

Ihre Mutter lachte kurz auf: „Ganz normal geschlafen? Das ich nicht lache. Ihr habt heute Nacht ja nicht mal den Rauchmelder in eurem Zimmer gehört. Geschweige denn, dass wir euch hätten aufwecken können."

Rune schaute ihre Mutter verblüfft an: „Wie bitte? Der Rauchmelder hat heute Nacht Alarm geschlagen? Wieso das denn?"

„Das frage ich mich allerdings auch", antwortete ihre Mutter und ging auf das Bett der beiden zu. „Und du, Lars, hast heute Morgen gar nichts zu sagen? Bist ein bisschen blass um die Nase. Alles gut bei dir?"

Anstatt zu antworten, nickte Lars nur stumm.

„Na gut, dann will ich euch mal in Ruhe lassen. Nur eines noch. Wenn ihr etwas auf dem Boden verschüttet, macht es bitte unbedingt gleich weg. Ihr wisst, dass der Holzfußboden kein Wasser verträgt."

Kurz nachdem ihre Mutter das Zimmer verlassen und die Tür hinter sich geschlossen hatte, sprang Lars aus dem Bett und fluchte: „Scheiße, verdammte Scheiße!"

Rune schaute verblüfft aus dem oberen Bett auf seinen Bruder herunter, der mit beiden Händen einen Bettpfosten umklammerte und den Kopf mehrmals leicht dagegen schlug:

„Warum regst du dich denn so auf? Ist nicht der erste Rauchmelder in unserem Haus, der einen Fehlalarm auslöst!?"

„Verstehst du denn nicht. Das war gar kein Traum. Das war echt!"

Rune begriff nicht, wovon Lars redete: „Welchen Traum meinst du? Ich habe überhaupt nichts geträumt."

„Du hast nicht vom Farblosen geträumt?", fragte Lars mit leicht schriller Stimme.

„Nein. Ich verstehe nur Bahnhof."

Lars erzählte ihm von seinem Traum, der anscheinend gar keiner gewesen war, und Rune wurde mit Entsetzen klar, dass Lars tatsächlich vom Farblosen angegriffen worden war:

„Dann ist das verschüttete Wasser, von dem

Mama redete, das Wasser gewesen, was von der Eiskralle getropft ist."

Er stieg von dem oberen Bett herunter und setzte sich sichtlich geschockt auf das Sofa. Lars tat es ihm gleich und schaute seinen Bruder an: „Und, was machen wir jetzt?"

Rune schwieg, weil er keine Antwort wusste, und als er nach einer Weile immer noch nichts gesagt hatte, holte Lars sein Kartendeck hervor. Obwohl er die Karten in den letzten Tagen mittlerweile schon mehrmals durchgeschaut hatte, fiel ihm erst jetzt bei einer Karte auf, dass die darauf abgebildeten Figuren ein Fragezeichen bildeten. Die Karte hieß „Alles fließt". Er aktivierte das Handbuch und las die Erklärung zu der Karte durch: „Rune, es gibt eine Karte, die wir selbst gestalten können."

Rune schaute ihn gedankenverloren an:

„Wie hat der Farblose in deinem Traum eigentlich ausgesehen?"

„Keine Ahnung. Ich habe eigentlich nur die riesige Eiskralle gesehen. Ich kann dir nicht mal sagen, ob es ein Mann oder eine Frau war", Lars stutzte. „Aber irgendetwas kommt mir im Nachhinein bekannt vor."

„Was kommt dir bekannt vor?", fragte Rune aufgeregt.

Doch so sehr Lars auch grübelte, er kam nicht drauf:

„Immer wenn ich denke, gleich fällt es mir ein, legt sich ein dunkler Schleier darüber und ich kann nichts mehr sehen."

„Denk nach!", drängte ihn Rune. „Jedes noch so kleine Detail könnte uns das Leben retten."

Lars versuchte es, gab dann aber auf:

„Es hat keinen Sinn. Vielleicht fällt es mir eher ein, wenn ich mich nicht darauf konzentriere."

„Du hast Recht, vielleicht klappt es so. Dann erzähl mir etwas ganz anderes."

„Was ich dir gerade erzählen wollte, ist, dass es eine Karte gibt, die wir selbst gestalten können. Wir können uns quasi die Figur und das, was sie können soll, ausdenken."

Rune horchte auf:

„Gibt es irgendwelche Bedingungen? Für was dürfen wir die benutzen und wie oft ist sie benutzbar?"

„Wie oft sie benutzbar ist, steht nicht in dem Handbuch. Es steht dort aber, dass man bedenken solle, dass man nicht zwei Mal in denselben Fluss steigt."

Rune blickte Lars fragend an: „Was soll das denn heißen, dass man nicht zwei Mal in denselben Fluss steigt?"

„Das ist ein Satz eines Philosophen, ich glaube von Heraklit. Weiß ich nicht mehr genau. Papa hatte mal wieder einen seiner Monologe gehalten. Da merkt man sich ja nicht alles. Was ich mir aber gemerkt habe, ist, dass dieser Philosoph gesagt hat, dass sich alles im Leben stetig verändert und nichts bleibt, wie es ist."

„Schön, hilft mir nur irgendwie gar nicht, die Karte zu verstehen. Dir?"

„Nö. Aber es ist doch super, dass wir eine Karte haben, über die wir selbst bestimmen können, oder etwa nicht?"

Rune zuckte mit den Schultern:

„Schon, aber ohne zu wissen, was der Hinweis bedeutet, macht es für mich wenig Sinn, die Karte zu benutzen," antwortete Rune und sah seinen Bruder eindringlich an.

„Und, funktioniert die Ablenkung? Kannst du dich an etwas bei dem Farblosen erinnern?"

„Nein, überhaupt nicht. Vielleicht sollten wir deshalb zu unserer Sicherheit die Karte heute Nacht als unüberwindbaren Wächter über unseren Schlaf einsetzen", schlug Lars vor.

„Wenn wir denn heute Nacht überhaupt Schlaf bekommen. Erstens ist heute die Lagerfeuerparty und zweitens muss ich heute Nacht den Sprung in Eikes Seele machen."

Lars schüttelte den Kopf: „Heute ist erst Mittwoch. Wir müssen einen weiteren Tag bis zum Sprung überstehen."

Rune stutzte kurz und schaute Lars verblüfft an: „Richtig, heute ist ja erst Mittwoch. Oh Mann, und was machen wir den ganzen Tag? Davon mal abgesehen, dass wir nicht nur diesen Tag, sondern bis der Farblose gefunden und besiegt wurde, auch alle weiteren Tage irgendwie überleben müssen."

„Wie wäre es, wenn wir die anderen fragen, ob wir die Lagerfeuer-Party nicht einfach auf heute vorziehen? Dann wären wir mit der Vorbereitung beschäftigt und hätten etwas Ablenkung."

Rune war begeistert von Lars Vorschlag:

„Coole Idee. Dann frage ich gleich mal in die Gruppe, ob sie heute Abend statt morgen Zeit haben, okay?"

Es dauerte nicht lange und sie hatten von ihren Freunden die Rückmeldung, dass sie sich auch gerne heute schon treffen könnten. Bis auf Rieke, die schrieb, dass sie eventuell nicht zu der Lagerfeuer-Party kommen würde, weil ihre Katze Lavundel völlig unerwartet verstorben war. Rune wusste, dass es ihre erste und noch sehr junge Katze gewesen war, und dass sie diese über alles geliebt hatte. Da sein erster Hund vor wenigen

Jahren von einem Jäger erschossen worden war, ahnte er, wie sie sich fühlte. Er überlegte, wie er ihr helfen konnte, und entschloss sich, ihr persönlich eine Nachricht zu senden. Er war sich nicht sicher, ob er die richtigen Worte getroffen hatte oder ob sie überhaupt etwas von ihm hören wollte, aber die Antwort kam prompt:

„Danke, das ist lieb von dir.
PS: Du klingst etwas wie dein Vater."

Sie hatte hinter den letzten Satz zwar einen Zwinkersmiley gehängt, Rune war sich dennoch nicht sicher, wie er den Satz verstehen sollte. Er musste nicht lange grübeln, da ploppte eine Nachricht von Rieke auf:

„Letzter Satz war nicht doof gemeint.
Eher das Gegenteil."

Rune lächelte. Er war sich zwar bewusst darüber, dass es Rieke gerade sehr schlecht ging, dennoch freute er sich, dass sie in so einer Situation Kontakt hatten. Versonnen legte er das Handy beiseite und schaute Lars an:

„So, dann lass uns mal unseren Teil der Vorbereitungen in Angriff nehmen."

Lars nickte zustimmend und sie schauten gemeinsam nach, was sie an Lebensmitteln hatten und was sie trotz der drohenden Gefahr im Landcafé Wechold besorgen mussten.

Sie holten vom Dachboden zwei Zelte, Matten und Schlafsäcke, nahmen das Metallgitter, das über dem kleinem Vorsprung vor dem Kellerfenster lag, und reinigten es mit einer Metallbürste. Sie brauchten keinen Grill. Wenn sie Lust hatten zu grillen, bauten sie sich mit dem Metallgitter und ein paar Steinen eine eigene Feuerstelle.

Bis zum frühen Vormittag hatten sie die Zelte aufgebaut und die Feuerstelle eingerichtet, sodass sie danach nicht wussten, was sie noch tun konnten, ohne dafür das Gelände verlassen zu müssen. Den Einkauf zögerten sie hinaus, weil sie insgeheim hofften, dass Tchil auftauchen würde, um sie zu begleiten.

Sie vertrieben sich die Zeit, indem sie unkonzentriert in ihren schon zigmal gelesenen Comics blätterten oder auf dem Garagendach Fußball spielten. Allerdings verloren sie sehr schnell die Lust daran, weil der Ball zu oft hinunterfiel und sie dann erst mühsam an einer schmalen Birke hinunter und wieder hinauf klettern mussten, um ihn wieder zu holen.

Am frühen Abend nahmen sie ihren ganzen Mut zusammen und brachen ohne Tchil auf, um die Einkäufe zu erledigen. Ängstlich schauten sie sich auf dem Weg zum Landcafé permanent um und lugten in jede Ecke oder Hofeinfahrt, aber sie sahen erstaunlicherweise niemanden. Auch das Landcafé war bis auf Buddel leer. Sie hatten gerade ihre Einkäufe in ihren Rucksäcken verstaut, als Clara und Brit auf ihren Rädern um die Ecke bogen und auf sie zusteuerten.

„Rieke kommt etwas später, aber sie kommt", war das erste, was Clara mit einem kecken Augenzwinkern in Richtung Rune sagte. Rune nickte, als würde er es neutral zur Kenntnis nehmen. Insgeheim freute er sich aber sehr, dass Rieke trotz der Trauer über ihre verstorbene Katze kommen würde. Gemeinsam fuhren sie zurück und gingen in den Garten, um dort auf die anderen zu warten. Es dauerte nicht lange und sie hörten Alpi, Ecke und Jan lachend um die Ecke biegen. Kurz danach kamen auch Eike und Rieke. Jetzt fehlten nur noch Henrik und Birk. Während sie warteten, vertrieben sie sich die Zeit damit, die restlichen Zelte aufzubauen und das Essen herzurichten. Etwa eine halbe Stunde später traf dann auch Birk ein. Zeitgleich erhielten sie in ihrer Chatgruppe eine Nachricht von Henrik, dass er nicht kommen würde. Da sie damit vollzählig waren, entfachten Lars und Rune, so wie sie es in den vielen Schwedenurlauben von ihrem Vater gelernt hatten, fachmännisch ein Feuer. Als das Feuer etwas runtergebrannt war, legten sie den

Gitterrost darauf, um ihre Würstchen zu grillen. Lars und Birk, der sich ebenso tierleidfrei ernährte, zogen es allerdings vor, ihre veganen Würstchen mit einem selbst geschnitzten Stock über dem Feuer zu grillen, anstatt sie zu dem übrigen Fleisch zu legen. Aus der Gruppe machte sich keiner mehr darüber lustig. Sie hatten mittlerweile Lars und Birks Ernährungsweise und die Beweggründe dafür akzeptiert. Rune biss herzhaft in seine Krakauer und lächelte zufrieden. Nicht wegen der Wurst, sondern weil Rieke neben ihm saß, ebenso Lars neben Brit und auch Birk an der Seite von Clara. Es war also nicht ausgeschlossen, dass sich an diesem Abend neue Pärchen bilden würden. Alpi und Ecke waren schon lange ein Paar und so wie es aussah, würden sie auch noch lange ein Paar bleiben. Zu gut ergänzten sie sich und waren sich schon jetzt darüber im Klaren, dass sie nach der Schule gemeinsam Jura studieren wollten. Jan hatte keine Freundin und schien sich auch nicht sonderlich für Mädchen zu interessieren. Ihn interessierte ausschließlich Sport, am meisten Fußball und Kraftsport. Da außer Lars und Rune alle Eike von früher kannten und er nicht erst in die Gruppe integriert werden musste, wurde es ein ausgesprochen lustiger Abend.

Auch Rieke ließ sich durch die allgemeine Heiterkeit vom Tod ihrer Katze ablenken, und jedes Mal, wenn sich Runes und ihr Arm zufällig berührten, spürte er ein wohliges Kribbeln auf seiner Haut. Je später es aber wurde, umso mehr dachte Rune daran, was ihnen bevorstand. Immer wieder schaute er daher abwechselnd zu Eike und auch zu Lars rüber, der aber nur Augen für Brit hatte. An den Sprung in Eikes Seele dachte er augenscheinlich überhaupt nicht mehr. Rune überlegte kurz, wie er Lars unauffällig an den Sprung erinnern konnte. Als ihm nichts Besseres einfiel, schrieb er ihm eine Nachricht über das Handy. Doch als Lars auf den Klingelton seines Handys nicht reagierte, stand Rune auf, um in die große Gartenhütte zu gehen. Von dort rief er Lars an und als er sah, dass Lars nach dem Handy in seiner Hosentasche griff, legte er auf und schickte ihm eine Nachricht, dass er in die große Gartenhütte kommen solle. Dieses Mal las Lars die Nachricht, kam zu Rune in die Hütte und maulte ihn sogleich an:

„Was ist los? Warum musst du mich ausgerechnet jetzt hierhin zitieren?"

„Weil wir heute den Sprung machen müssen und ich mit dir absprechen wollte, wann und wie wir das am besten tun."

Lars entglitten die Gesichtszüge und er schaute beklommen zu Boden.

„Ich denke, es ist am besten, dass wir es machen, wenn alle in den Zelten liegen und schlafen", schlug Rune vor.

Lars war deutlich anzumerken, dass er von alldem nichts hören, sondern nur zu Brit zurück wollte. Er nickte daher nur kurz und drehte auf dem Absatz um. Er hatte kaum einen Schritt Richtung Tür gemacht, als er eine Hand auf seinem Oberarm spürte, die ihn mit festem Griff zurückhielt. Widerwillig drehte er sich um und sah zu seiner großen Überraschung in Tchils lächelndes Gesicht:

„Vielleicht sollten wir vorher klären, wie so ein Sprung im Detail abläuft, oder habt ihr etwa gedacht, ich komme nicht wie versprochen zu eurem ersten Sprung?"

„Seitdem du kommentarlos verschwunden warst, haben wir, ehrlich gesagt, nicht daran geglaubt, nein", antwortete Rune leicht angesäuert.

„Dann ehrt es euch umso mehr, dass ihr das Vorhaben trotzdem nicht aufgegeben habt und Eike helfen wollt."

„Weißt du eigentlich, was letzte Nacht passiert ist?"

Tchil nickte: „Ja, das weiß ich."

Doch bevor Tchil weiterreden konnte, hörten sie Schritte vor der Tür, und kurz danach wurde diese ruckartig aufgerissen. Jan steckte seinen

Kopf herein und fragte: „Wo bleibt ihr denn so lange? Nehmt ihr hier heimlich Drogen? Dann will ich auch welche."

Lars konnte nicht anders und musste laut loslachen, als er Jans breites Grinsen sah. Die Frage war nicht nur an der Situation gemessen, sondern auch grundsätzlich absurd. Mit Drogen hatte von ihnen allen wirklich niemand etwas am Hut. Gleichzeitig sah er sich verstohlen um und versuchte herauszufinden, wohin Tchil so blitzartig verschwunden war, als Jan die Tür aufgerissen hatte. Doch er konnte ihn nirgendwo entdecken. Entweder hatte er sich so verkleinert, dass er mit bloßem Auge nicht zu erkennen war, oder er war wieder auf und davon. Erst als er Rune ansah, bemerkte er, wie dieser kurz und unauffällig auf seine rechte Hosentasche tippte. Da wusste er, wo Tchil war und fragte Rune: „Holst du bitte Getränkenachschub aus dem Keller? Ich muss Jan ein paar selbstgebastelte Drogen verticken."

Und ohne mit einem Wort auf Jans Frage einzugehen, was sie in der Gartenhütte machen würden, legte er Jan einen Arm um die Schulter und ging mit ihm zu den anderen ans Lagerfeuer.

Es dauerte eine Weile, bis Rune zu ihnen zurückkam. Zum Spott aller hatte er keine Getränke dabei.

„Hast du den Keller nicht gefunden oder hast du Hausverbot und bist deshalb ohne Getränke wiedergekommen?", witzelte Eike. Lars ahnte natürlich, dass Rune deswegen keine Getränke mitgebracht hatte, weil Tchil eben dort auf ihn warten würde, um auch ihn über die Vorgehensweise bei dem Seelensprung in Kenntnis zu setzen. Er schlug sich mit der Hand gegen die Stirn und sagte: „Ich Depp, ich hatte ganz vergessen, dir zu sagen, dass Vaddern die Getränkekisten in die Garage gestellt hatte. Sorry, bleib du hier. Ich hole ein paar Flaschen."

Rune setzte sich neben Rieke, und obwohl ihm der Kopf von Tchils Informationen über den bevorstehenden Sprung in Eikes Seele schwirrte, spürte er sogleich, wie er ihre Nähe genoss. Vorsichtig legte er seinen Arm so nah an ihren, dass sie sich zwar nicht berührten, aber er die Wärme ihrer Haut spüren konnte. Näher traute er sich nicht. Er war sich unsicher, wie Rieke die ganze Situation zwischen ihnen sah, und wollte daher nicht aus Versehen eine Grenze überschreiten.

Als Lars mit den Getränken wiederkam, begann es schon dunkel zu werden und er schenkte ihnen unaufgefordert nach. Kurz darauf wurden alle schlagartig müde. Und obwohl sie Ferien hatten, beschlossen ihre Freunde, kein Holz mehr nachzulegen, sondern das Feuer langsam runterbrennen zu lassen. Rune war überhaupt nicht müde, sondern ganz das Gegenteil war der Fall. Er fühlte sich mit einem Male hellwach, als wären alle seine Sinne aufs Äußerste geschärft. Verwundert schaute er Lars an, aber der machte auf ihn einen ebenso wachen Eindruck. Rune wollte nicht, dass der Abend schon endete und er nicht mehr neben Rieke sitzen konnte. Daher schlug er vor, dass Clara und Rieke etwas auf der Gitarre spielten sollten. Als Antwort erntete er von allen Seiten aber nur herzhaftes Gähnen, und nach und nach krochen bis auf Lars und Rune alle in ihre Zelte. Birk fragte amüsiert, was sie denn in die Getränke getan hätten. Doch bevor einer von ihnen antworten konnte, sahen und hörten sie nur, wie er neben dem Lagerfeuer einfach umplumpste und sich auch nicht mehr dazu bewegen ließ, aufzustehen. Lars holte Birks Schlafsack, deckte ihn damit zu und legte etwas Holz nach, um sicher zu gehen, dass er es warm hatte. Anschließend gingen sie in ihr Zelt und Rune holte sein Kartendeck hervor:

„Ich gehe mal davon aus, dass Tchil dir auch erklärt hat, wie das mit dem Sprung in Eikes Seele geht, und was wir sonst zu beachten haben?"

„Ja, hat er. Und auch, wie ich die Flaschen präparieren kann, damit bis auf uns beide alle tief und fest schlafen."

Rune grinste: „Okay, verstehe. Das hatte er mir wohl vergessen zu sagen. Nun denn, dann wollen wir mal. Aktiviere du schon mal die Monitorkarte."

Völlig unerwartet umarmte Lars seinen Bruder innig:

„Danke, dass du springst und die Gefahr auf dich nimmst."

*Ich wurde entdeckt, aber
er wird nicht aufgeben.*

Seelensprung

Lars tat, worum ihn Rune gebeten hatte, und als der Monitor bereit war, streifte sich Rune den Ring über und drehte den Deckel des Ringes so weit nach links, bis er einen leichten Widerstand wahrnahm. Anschließend drehte er ihn ein kleines Stück über den Widerstand hinaus, bis er spürte, wie etwas im Inneren des Ringes einrastete. Der Deckel öffnete sich und aus dem Innern strömten unzählige Farben, die nach und nach ein zwitterhaftes Gesicht bildeten, dass ihn freundlich und erwartungsvoll anschaute. Rune wusste, was er zu tun hatte, und erzählte alles, was er über Eike wusste und wo der sich in diesem Moment befand. Das Gesicht schaute ihn währenddessen eindringlich an und formte, als er aufgehört hatte zu sprechen, mit den flirrenden Farben eine Frage:

„Bist du bereit?"

Rune versuchte, seine Ängste zu unterdrücken. Was als Nächstes kommen sollte, ging weit über seine Vorstellungskraft hinaus. Doch er ignorierte das Zittern seiner Beine und nickte. Wieder wurden aus den Farben Buchstaben geformt:

„Reich mir deine Hand."

Rune schloss die Augen und versuchte, sich zu beruhigen. Als er sie wieder öffnete, griff er nach der Regenbogenhand, die sich in der Zwischenzeit aus dem Gesicht geformt hatte, und war im selben Augenblick verschwunden.

Im Gegensatz zu Lars, der gesehen hatte, wie Rune verschwunden war, spürte Rune selbst keine körperliche Veränderung. Er nahm sich genauso wahr wie vorher. Angesichts der Farben, die ihn umströmten, hatte er keine Ahnung, ob er sich schon in Eikes Seele befand oder auf dem Weg dorthin war:

„Kannst du mich hören und auf dem Monitor sehen, Lars?"

„Ich kann dich hören und sehen. Hörst du mich auch?"

„Ja, alles gut. Wo bin ich? Kannst du sehen, wo ich hingehen muss?"

„Keine Ahnung. Ich sehe außer dir nur Farben, die dich umgeben. Du bist bestimmt noch auf dem Weg in Eikes Seele und wirst sicherlich bald mehr erkennen."

Rune ging aufs Geratewohl ein paar Schritte geradeaus und hielt nach etwas Ausschau, das sich von diesem Meer aus Farben unterscheiden würde. Aber er konnte nichts erkennen und blieb stehen.

„Wenn ich das richtig sehe, wird es hinter dir etwas heller", hörte er Lars Stimme inmitten der Farben.

Rune drehte sich einmal um die eigene Achse. Und tatsächlich, hinter ihm hatten sich die Farben zu lichten begonnen, und er konnte schwache Konturen erkennen. Langsam ging er auf das Bild zu, das sich vor seinen Augen abzeichnete, und stand kurz darauf in einer wunderschönen Landschaft. Rune erinnerte die flache Landschaft an einen ihrer Urlaube in Norddeutschland. Er konnte kilometerweit über die Felder schauen und die Ruhe, die die Landschaft ausstrahlte, förmlich greifen. Er wusste von Tchil, dass die Seelenlandschaft kein starres Bild war und sich verändern konnte. Er ging daher sehr aufmerksam entlang einer alten Dorfstraße tiefer in das Bild hinein und suchte nach etwas, das der Sitz von Eikes Seele sein könnte. Nachdem er eine Weile gegangen war und außer einer endlosen Aneinanderreihung von Getreidefeldern nichts erkennen konnte, fragte er Lars und Tchil, ob sie etwas sehen könnten, was sich von dieser Landschaft unterschied. Doch auch sie konnten auf dem Monitor nichts erkennen, was auf den Sitz von Eikes Seele hindeutete. Lars schlug vor, dass Rune an der nächsten Weggabelung nach links abbiegen sollte.

„Wozu? Es sind ringsherum nur Felder zu sehen."

„Keine Ahnung. Nur so ein Gefühl. Du bist übrigens die ganze Zeit wunderbar zu erkennen. Ich kann dich sogar so weit ranzoomen, bis deine eh schon große Nase den ganzen Bildschirm ausfüllt."

„Sehr witzig. Du…"

„Stopp, Rune, stopp!" rief Lars aufgeregt.

Rune blieb schlagartig stehen. Direkt vor ihm tat sich ein tiefer Steilhang auf und er konnte den Sturz in die Tiefe nur um Haaresbreite vermeiden.

„Sag mal", schnaufte Rune vor Aufregung, „der war doch gerade noch nicht da oder?"

„Nein, war er nicht", sagte Tchil. „Aber die Gefahr, dass sich die Landschaft oder die Situation von einer Sekunde auf die andere ändert, besteht jederzeit."

Rune schaute in die Tiefe und staunte über das komplett veränderte Bild, das sich ihm bot:

„Da unten steht ein riesiges Haus direkt am Strand. Das Meer glitzert in der Sonne. Sogar Möwen kann ich von hier oben hören. Sieht wunderschön und friedlich aus. Soll ich da mal runter?"

Lars musste nicht lange überlegen: „Klar, dass Haus musst du dir ansehen. Lass dir von Takei, den ich in der Leichenhalle ja nicht benutzen durfte, eine Leiter oder so bringen. Es geht ja schließlich darum, Gefahr für dich und auch für Eike abzuwenden."

Rune holte das Kartendeck aus der Hosentasche und beauftragte Takei, ihm eine Leiter oder etwas ähnliches zu besorgen, womit er gefahrlos den Abhang hinunterkommen würde. Kaum hatte er den Auftrag ausgesprochen, entrollte sich direkt vor seinen Füßen nach und nach eine Strickleiter, die bis zum Sandstrand unter ihm reichte.

Rune spähte in die Tiefe und seufzte: „Jetzt muss ich nur irgendwie meine Höhenangst in den Griff kriegen."

Vorsichtig stieg er auf die erste Sprosse und spürte sogleich, wie die Strickleiter schaukelte. Rune fluchte. Als wäre seine Höhenangst nicht schon genug. Musste es ausgerechnet eine schwankende Strickleiter sein. Hätte Takei ihm nicht eine feststehende Leiter besorgen können? Sprosse für Sprosse kämpfte er sich abwärts und vermied es tunlichst, nach unten zu schauen. Als er etwa einen Meter über dem Sandstrand war, sprang er erleichtert nach unten. Er spürte die Wärme des Sandes. Am liebsten hätte er sich in den Sand gelegt und eine Weile ausgeruht, aber er widerstand der Versuchung und ging auf das Haus zu. Nicht nur das Haus, auch die ganze Umgebung wirkte auf ihn friedlich, nahezu paradiesisch. Das Gekreische der Möwen drang vom Meer zu ihm, und auch sonst war die Luft erfüllt vom Gezwitscher der unterschiedlichsten Vögel. Je näher er kam, umso deutlicher sah er, dass das Haus unglaublich viele kleine und große Fenster hatte. Er sah auch, wie sich hinter diesen Fenstern Figuren bewegten und Geschichten zu erzählen schienen. Er fühlte, dass er das Zentrum von Eikes Seele vor sich hatte. Schließlich stand er vor der Eingangstür. Unschlüssig blieb er davor stehen und wusste nicht, was er als nächstes tun sollte: „Von außen kann ich nichts erkennen, was auf eine Notlage oder ähnliches hindeutet. Muss ich da rein oder woanders suchen?"

„Schau dich doch in der näheren Umgebung um. Vielleicht ist in dem kleinen Schuppen da hinten noch etwas anderes verborgen", schlug Lars vor.

Rune wollte sich gerade umdrehen und zum Schuppen gehen, als er links neben der Eingangstür eine Veränderung wahrnahm. Und tatsächlich, die Figuren hinter den unteren beiden Fenstern verblassten. Der Raum verdunkelte sich zusehends, bis ihn ein tieftrauriges Schwarz ausfüllte. Rune schaute am Haus hoch, um zu sehen, ob sich auch hinter den anderen Fenstern etwas verändert hatte. Doch nur die beiden unteren Fenster waren komplett schwarz, und er vermutete, dass er in diesem Raum den Grund für Eikes seelische Notlage finden würde. Er ging zur Eingangstür und drückte die Türklinke. Die Tür war unverschlossen. Zögernd trat er ein. Vor ihm lag eine riesige weiße Halle: „Hier gibt es ja gar keine Türen oder Treppen. Wie soll man denn so in die Räume gelangen?"

„Die Türen oder Treppen zeigen sich erst, wenn du auf sie zugehst", antwortete ihm Tchil.

Da sich Rune sicher war, dass sich der gesuchte Raum gleich neben der Eingangstür befinden musste, ging er zielstrebig nach links und steuerte auf die weiße Wand zu. Je näher er der Wand kam, umso mehr spürte er die Emotionen, die sich dahinter verbargen. Er blieb etwa einen Meter vor der Wand stehen und wunderte sich über das positive Gefühl, das von dem dahinterliegendem Raum ausging. Er hatte Traurigkeit oder Verzweiflung erwartet, aber nichts, was ihn fast fröhlich stimmte. Er ging mit der Absicht, den Raum zu betreten, einen weiteren Schritt auf die weiße Wand zu, und wie Tchil gesagt hatte erschien unmittelbar vor ihm eine Tür. Rune betrat den Raum und befand sich zu seiner Verblüffung mitten auf einem Kinderspielplatz. Um ihn herum wuselten bei herrlichstem Sommerwetter unzählige Kinder, die ausgelassen spielten. Nur ein kleines Mädchen saß weinend abseits und wurde von einem älteren Jungen getröstet, der sie zärtlich in den Arm nahm und ihr offensichtlich etwas ins Ohr flüsterte. Kurz darauf erhellte sich das Gesicht des Mädchens. Trotzig wischte es seine Tränen an der Schulter des Jungen ab und lief dann mitten in den Pulk der Kinder, die in und um die Sandkiste herum spielten. Ohne Vorwarnung riss es einem viel größeren Mädchen als sie selbst es war vehement einen kleinen Plastikeimer aus der Hand und lief damit zurück zu dem Jungen, der über beide Ohren grinste und ihr anerkennend applaudierte. Triumphierend hielt das Mädchen den Eimer hoch und Rune konnte lesen, was in krakeligen Großbuchstaben auf dem Eimer stand: „LIV". Da erkannte Rune den Jungen. Der Junge musste Eike sein und das kleine Mädchen seine Schwester Liv. Kaum hatte er begriffen, wen er vor sich hatte, begann die Szene von vorne, als hätte jemand eine unsichtbare Wiederholungstaste gedrückt.

„Befindet sich in diesem Raum nur diese eine Erinnerung?" wollte Rune von Tchil wissen.

„Es sieht so aus. Du musst also weitersuchen."

„Aber weiter links gibt es nichts mehr. Das muss also der Raum sein, den ich von außen gesehen habe."

„Genau wie draußen kann sich auch hier drinnen alles jeden Moment verändern. Je nachdem, ob oder wie sich der Mensch mit seiner Seele auseinandersetzt."

„Und wie finde ich raus, wo ich hin muss?"

„Du musst den Raum, den du suchst, erfühlen."

Rune trat aus dem Raum, ging in die Mitte der riesigen weißen Halle und ließ die Emotionen, die aus den unsichtbaren Zimmern strömten, auf sich wirken:

„Was für ein Kuddelmuddel. Wie soll ich um Himmelswillen erfühlen, welcher Raum es ist?"

Er schaute sich überfordert um und stellte dabei fest, dass die Tür zu der Erinnerung mit Liv auf dem Spielplatz bereits geschlossen war. Ein vages Gefühl zog ihn in die entgegengesetzte Richtung. Er hatte nur wenige Schritte zurückgelegt, als eine weiße Wendeltreppe vor seinen Füßen erschien. Ohne weiter darüber nachzudenken, ging er auf dieser nach oben und folgte dann dem sich weiter verzweigenden Flur. Als ihm unmittelbar nach einer kleinen Biegung abgrundtiefe Trauer übermannte, wusste er, dass er am Ziel war. Der Raum musste in unmittelbarer Nähe sein. Er streckte einen Arm aus und tatsächlich, vor ihm erschien eine Tür. Der Raum, den er betrat, war pechschwarz. Nur in der hintersten Ecke schien ein kleines Licht zu glimmen. Sein Herz nahm die Trauer, die ihn umgab, immer mehr an und machte sie zu seiner eigenen. Er versuchte sie abzuschütteln und zwang sich, einen Fuß vor den nächsten zu setzen. Der Raum war viel größer als gedacht, und es dauerte eine Weile, bis Rune die Lichtquelle erreicht hatte. Es war eine schwach flackernde Kerze, die auf einem selbstgebauten Kinderschreibtisch stand:

„Hier liegt ein Zettel."

„Ich kann nichts sehen, du stehst direkt davor. Was steht auf dem Zettel?"

„Es ist ein Abschiedsbrief!", sagte Rune und las ihn mit stockender Stimme vor:

Alle haben immer und immer wieder gesagt,
dass dein Tod ein Unglück war
und ich nicht schuld daran gewesen sei.
Aber das stimmt nicht. Ich bin schuld.
Ich hätte dich nie allein zurückgehen lassen
dürfen.
Ich vermisse dich so unendlich, Schwesterherz.
Ich komme bald zu dir.

Lars schluckte: „Das ist ganz eindeutig ein Abschiedsbrief. Er will sich das Leben nehmen. Aber wann?"

„Keine Ahnung. Ich muss hier auch erst mal raus. Ich halte diese Traurigkeit keine Minute länger aus."

Rune legte den Zettel zurück auf den Schreibtisch und verließ zügig den Raum. Auf der Treppe nahm er mindestens zwei Stufen auf einmal und ging unten angekommen so schnell wie möglich aus dem Haus. Irgendetwas hatte sich verändert. Im ersten Moment begriff er nicht genau, was sich verändert hatte. Doch im nächsten Augenblick wurde ihm bewusst, dass er keine Möwen oder andere Vögel mehr sah, geschweige denn hörte. Auch sonst war es totenstill. Keine Grille zirpte, kein Blatt raschelte mehr. Als wären alle Laute aus der Landschaft gesogen worden und die Tiere gleich mit. Erst da bemerkte er, dass auch das Meer begonnen hatte, sich zurückzuziehen:

„Soll das die Ebbe sein, die so schnell einsetzt? Und warum höre ich absolut nichts mehr?"

„Vielleicht befindest du dich mitten in einem neuen Bild, das gerade in Eikes Seele geschaffen wird?!" mutmaßte Lars.

„Das kann natürlich sein. Irre, wie schnell sich alles verändert. Ich kann kaum noch das Meer sehen."

„Ich sehe von hier auch nicht mehr so viel", pflichtete Lars ihm bei. „Sieht so aus, als würde dahinten am Horizont aus dem Meer ein riesiger Berg geformt."

Kaum hatte er den Satz ausgesprochen, begriff er, was sich dort am Horizont bildete: „Verdammter Mist, lauf Rune, lauf. Das ist ein Tsunami, der sich da auftürmt."

Rune starrte entgeistert auf die riesige Flutwelle, die sich etwa dreißig Meter hoch am Horizont gebildet hatte und nun auf ihn zuzurollen begann. Rune rannte so schnell er konnte auf den Steilhang zu. Er hatte die Strickleiter kaum erreicht, als er hinter sich ein lauter werdendes Tosen hörte. Er warf einen hastigen Blick über die Schulter und sah zu seinem Entsetzen, dass die Welle schon fast das Ufer erreicht hatte. Panisch kletterte er so gut es ging die wackelige Strickleiter hinauf. Er hatte kaum die Hälfte geschafft, als er die todbringende Kälte der Welle in seinem Rücken spürte. Wie gelähmt verharrte er auf der Leiter und versuchte erst gar nicht mehr, die nächste Sprosse zu erklimmen. Er wusste, er würde es nicht mehr rechtzeitig bis nach oben in Sicherheit schaffen. Als die Welle Sekundenbruchteile später mit voller Wucht über ihm zusammenschlug, klammerte er sich verzweifelt an die Sprossen. Doch er hatte keine Chance, dem Sog der Riesenwelle zu entkommen, und wurde unter Wasser gedrückt. Er wirbelte haltlos durch das Wasser und versuchte verzweifelt etwas zu finden, an dem er sich festhalten konnte, um nicht weiter ins Meer gezogen zu werden. Aber er fand keinen Halt. Er spürte, dass die Luft in seinen Lungen knapp wurde. Lange würde er es unter Wasser nicht mehr aushalten. Plötzlich stieß er an einen Felsen und suchte reflexartig mit beiden Händen nach Halt. Es gelang ihm, sich mit seinen Fingern in einer kleinen Felsspalte festzukrallen. Doch das Wasser zerrte und riss ohne Unterlass an ihm. Krampfhaft hielt er sich an der Felsspalte fest und kämpfte verzweifelt gegen die Schmerzen in seinen Armen und Fingern an. Seine Lunge brannte mittlerweile und unzählige Bilder aus seinem Leben schossen ihm in umgekehrter Reihenfolge durch den Kopf. Es stimmt also, dachte Rune. Kurz bevor man stirbt, läuft das Leben wie in einem Film rückwärts vor den eigenen Augen ab. Er spürte wie sein Körper erschlaffte und seine Finger den Halt verloren und vom Felsen abglitten. Kurz darauf verlor er das Bewusstsein und alles um ihn herum wurde still.

Er wartet.
Ist nicht mehr ständig in meinem Kopf.

Der Chonkor

Rune schlug die Augen auf und erbrach im nächsten Moment einen Schwall Wasser. Prustend und nach Luft ringend, setzte er sich auf und drehte seinen Kopf orientierungslos hin und her. Er saß zwar an einem Ufer, aber weder von dem Haus, noch von dem Steilhang und der Strickleiter war weit und breit etwas zu sehen:

„Bin ich tot?"

„Nein, du bist nicht tot. Ich kann dich sehen und hören", antwortete sein Bruder mit einem erleichterten und hysterischen Lachen.

„Wieso lebe ich? Wer hat mich gerettet?"

„Das würden wir auch gerne wissen. Vielleicht ist aber die einfachste Erklärung für deine Rettung, dass du gerade rechtzeitig ans Ufer gespült wurdest", sagte Tchil.

Rune wusste nicht, was er denken sollte. Was auch der Grund war, er war einfach nur glücklich, am Leben zu sein. Lars war mindestens ebenso erleichtert wie sein Bruder, dennoch war er auch wütend auf ihn, weil er sein Leben unnötig riskiert hatte:

„Wieso hast du um Himmelswillen den Ring nicht benutzt, um dich in Sicherheit zu bringen? Ich bin vor Angst fast gestorben."

„Der Ring. Natürlich. Ich war wohl so in Panik, dass ich daran gar nicht gedacht habe", antwortete Rune entgeistert.

„Und später habe ich nur versucht, mich an einem Felsen festzuhalten, und dann ist mir schwarz vor Augen geworden. Er ließ sich auf den Rücken fallen und schaute lächelnd und dankbar in den Himmel:

„Wer oder was auch immer mich gerettet hat. Lasst mich einfach einen Moment hier liegen und ausruhen. Ich fühle mich völlig zerschlagen und kann und mag mich gerade nicht bewegen."

Lars seufzte: "Wenn es denn sein muss. Ich hätte dich allerdings gerne so schnell wie möglich wieder hier bei mir."

Rune schloss die Augen und wäre am liebsten auf der Stelle eingeschlafen. Doch kurz bevor ihn Erschöpfung und Müdigkeit endgültig übermannten, hörte er Möwengeschrei über sich. Mühsam schlug er die Augen auf und schaute in den Himmel. Die Vögel kehrten in großer Zahl zurück. Er versuchte die einzelnen Arten voneinander zu unterscheiden. Was ihm trotz seiner guten Vogelkenntnisse aber nicht gänzlich gelang. Zwei Arten konnte er nicht einordnen. Bei dem einem Vogel war er sich nicht sicher, ob es sich um eine Trottellumme handelte, weil diese eigentlich in komplett anderen Gefilden lebte, und bei dem anderen Vogel wusste er noch weniger, zu welcher Art dieser gehörte. Erst dachte er, dass die äußeren Merkmale für einen Adler sprachen, doch dafür war er eigentlich zu klein, oder doch nicht? Der Vogel stand zu hoch am Himmel, um ihn genauer erkennen zu können. Rune schloss wieder die Augen und sah daher nicht, wie der unbekannte Vogel über ihm seine Kreise zog und der Erde Stück für Stück langsam näherkam. Plötzlich hörte er Tchils angsterfüllte Stimme:

„Bring dich in Sicherheit, Rune, und spring zurück zu uns, schnell. Über dir ist ein Chonkor."

Rune riss die Augen auf und starrte in den Himmel. Er hatte keine Ahnung, was ein Chonkor war, aber was er da über sich sah, ließ ihn das Blut in den Adern gefrieren. Ein Greifvogel, größer als ein Mensch, setzte zum Sturzflug an und schoss pfeilschnell auf ihn zu. Die riesigen und Furcht einflößenden Krallen hatte er schon ausgefahren, um sie im nächsten Augenblick in Runes Körper zu schlagen. Mit einem Satz war Rune auf den Beinen und sprang blitzartig zur Seite. Der Chonkor verfehlte ihn nur um Haaresbreite und schlug mit den Krallen ins Leere. Doch anstatt sich gleich wieder in die Luft zu schwingen, blieb der riesige Greifvogel am Boden und stürmte mit wildem

Flügelschlag und schrillen Gekreische auf Rune zu. Rune griff nach dem Ring an seiner Hand, um zurückzuspringen. Doch der Ring war nicht mehr an seinem Finger. Fassungslos schrie Rune: „Ich habe den Ring verloren!"

Entsetzen packte Lars, und ohne zu zögern nahm er seinen Ring und begann den Deckel zu drehen:

„Ich komme und hole dich."

Tchil griff hastig nach Lars Ringhand und hinderte ihn daran, den Sprung auszuführen:

„Nein, das tust du nicht. Ihr könntet dann beide verloren sein. Bleib ruhig und hilf ihm von hier aus."

Und zu Rune gewandt sagte er: „Such dir ein Versteck, schnell!"

Fieberhaft suchte Rune nach einem Versteck. Doch er konnte weit und breit außer flachen Weizenfeldern nichts entdecken. Kein Haus, kein Baum. Nichts. Ohne konkretes Ziel rannte er mit zittrigen Beinen los. Der Chonkor war dicht hinter ihm. Verzweifelt rannte Rune in die Richtung, wo vor kurzem noch der Steilhang gewesen war. Hinter sich hörte er das Aufeinanderschlagen der Schnabelhälften, wenn der Chonkor nach ihm ins Leere hackte. Nur wenige Meter, und er würde ihn eingeholt haben. Keuchend versuchte er nochmal das Tempo zu erhöhen:

„Verdammt, was soll ich tun? Ich kann bald nicht mehr."

Kaum hatte er das gesagt, wurde es mit einem Schlag so stockdunkel um ihn herum, dass Rune die Hand vor Augen nicht mehr sah.

Rune schrie auf: „Was ist los?"

„Bleib ruhig", antwortete Lars. „Greifvögel können im Dunkeln doch kaum etwas sehen."

„Ich doch aber auch nicht", antwortete Rune verzweifelt und rannte orientierungslos weiter in die Dunkelheit: "Außerdem stimmt das nicht. Pass doch einmal in der Schule auf!"

„Lauf im Zickzack. Vielleicht irritiert ihn das und du kannst ihn so loswerden."

Rune rannte im wilden Zickzack durch die Dunkelheit, bis er abrupt stehen blieb.

„Und was ist, wenn die Landschaft sich verändert und ich auf einen Abgrund zu laufe?"

„Mist. Daran habe ich nicht gedacht."

Lars benutzte erneut die Karte, die den Tag in die Nacht und umgekehrt verwandeln konnte, und wenige Sekunden später war es wieder taghell um Rune herum. Rune blinzelte, und bevor er sich an die Helligkeit gewöhnt hatte, hörte er Lars aufschreien: „Pass auf. Er ist direkt hinter dir!"

Doch es war bereits zu spät. Im selben Moment packte der Chonkor Rune mit seinen gewaltigen

Krallen und riss ihn zu Boden. Rune hatte das Gefühl, von den Krallen wie in einem Schraubstock zusammengepresst zu werden. Er bekam kaum Luft. Langsam senkte sich der riesige Kopf des Chonkors und faulig riechender Speichel tropfte aus dem hässlichen Schnabel auf Runes Gesicht. Rune befürchtete, dass der Chonkor jeden Augenblick zustoßen würde, um ihn zu zerhacken. Angewidert und ängstlich zugleich drehte er den Kopf zur Seite. Zu seinem Erstaunen hatte sich die Landschaft abermals verändert. Neben sich sah er eine Blumenwiese, einen schmalen Bachlauf mit einer steilen Uferböschung und einen Eisvogel in seinem charakteristischen eisblauen Federkleid, der mit einem Fisch im Schnabel auf einem Ast über dem Wasser saß.

Wieder fiel ein Schleimbatzen auf Runes Gesicht. Er drehte dem Raubvogel angeekelt den Kopf zu: „Bah, du bist echt widerlich."

Der Chonkor riss wie zur Antwort kreischend seinen Schnabel auf. Panisch drehte Rune den Kopf hin und her und suchte verzweifelt nach einer Lösung. Wieder sah er den Eisvogel, der sich von seinem Ast schwang und auf das Ufer zuflog, das Rune am nächsten lag. Rune konnte die Uferböschung von seiner Warte aus nicht einsehen, war sich aber sicher, dass sich der Eisvogel dort einen Unterschlupf gebaut hatte. In dem Moment wurde ihm klar, wie er sich retten konnte: „Schnell, macht mich klein wie einen Eisvogel."

Tchil und Lars begriffen nicht, was Rune vorhatte, doch als sie sahen, wie der Chonkor langsam den Kopf hob, um zu einem tödlichen Hieb ausholen, blieb ihnen keine Zeit mehr, um weitere Fragen zu stellen. In knappen Worten erklärte Tchil, welche Karte Lars nehmen sollte. Ohne den Bildschirm aus den Augen zu lassen, aktivierte Lars in Todesangst um seinen Bruder die Karte. Zu seinem Entsetzen änderte sich Runes Größe aber nicht. Er saß nach wie vor in seiner menschlichen Größe unter den Krallen des Chonkors fest.

„Warum funktioniert das nicht, Tchil?" fragte Lars entgeistert. „Was habe ich falsch gemacht?"

„Nichts", sagte Tchil ebenfalls merklich angespannt. „Es dauert einfach einen Moment bis die Verkleinerungskarte bei Menschen wirkt."

„Einen Moment?", fragte Lars aufgewühlt und blickte auf den Monitor. Der Chonkor hatte mittlerweile den Kopf tief in den Nacken gelegt und konnte jede Sekunde zustoßen. „Den hat er aber nicht!"

Und so war es auch. Kaum hatte Lars den Satz ausgesprochen, stieß der Chonkor blitzartig mit seinem Schnabel zu, und Lars und Rune schrien beide auf. Gerade noch rechtzeitig drehte Rune reflexartig seinen Kopf zur Seite und konnte so dem Stoß im letzten Moment entgehen. Sandkörner spritzen auf, als der Schnabel mit voller Wucht neben seinem Kopf in den Sand hackte. Mit einem Kreischen hob der Chonkor seinen Kopf, um ein weiteres Mal auf ihn einzuhacken. Wieder gelang es Rune, dem Schnabel buchstäblich in letzter Sekunde auszuweichen. Verzweifelt versuchte er aus den Fängen des Chonkors zu entkommen, doch er konnte sich nach wie vor keinen Millimeter bewegen und schrie:

„Nun tut doch verdammt nochmal etwas!"

Lars wusste weder, was er tun, noch, was er sagen sollte und schaute hilflos zu Tchil:

„Schau nicht mich an. Schau auf den Monitor. Es beginnt zu wirken."

Und tatsächlich. Als Lars den Blick auf den Bildschirm richtete, war Rune bereits auf die Größe eines Eisvogels geschrumpft und kroch blitzschnell unter den Krallen hervor. So schnell er konnte, rannte er zur nahegelegenen Uferböschung, wo er den Eisvogelbau vermutete:

„Ihr müsst mir den Weg zeigen. Ich bin so klein, ich sehe kaum, wo ich hinlaufe."

„Wo willst du denn hin? Ich sehe kein Versteck. Vor dir kommt nur der kleine Bach, der in deiner Größe eher wie ein riesiger Fluss für dich sein wird."

„Ich will zu dem Eisvogelbau", antwortete Rune keuchend. „Der Eingang muss auf dieser Seite der Uferböschung knapp über dem Wasser liegen. Der Chonkor wird mir aufgrund seiner Größe unmöglich in den Bau folgen können. Deshalb will ich dahin."

Er wollte gerade etwas hinzufügen, als der Schnabel des Chonkors donnernd neben ihn in den Boden krachte und er durch die Erschütterung in die Luft geschleudert wurde. Er hatte sich kaum von der unsanften Landung berappelt, als die riesigen Krallen des Chonkors versuchten, ihn zu greifen. Doch er war zu klein und konnte durch sie hindurchschlüpfen. So schnell er konnte lief er in die Richtung, in die ihn sein Bruder lotste. Immer wieder wich er dabei dem Schnabel oder den Fängen des Chonkors aus.

Rune kam die Strecke bis zur Uferböschung auf seinen kleinen Beinen endlos vor. So sehr er auch rannte, das Ufer schien sich einfach nicht zu nähern. Wieder schlug der Schnabel haarscharf neben ihm krachend in den Boden. Der Chonkor kreischte mittlerweile rasend vor Wut und hackte wie von Sinnen nach Rune. Verzweifelt versuchte Rune, den Hieben zu entgehen, und rannte um sein Leben. Er war nur wenige Meter weit gekommen, als der Chonkor mit einem Male verstummte und aufhörte, ihn zu verfolgen. Rune schaute sich ungläubig um und auch nach oben, konnte ihn aber nirgendwo mehr sehen: „Wo ist er hin? Könnt ihr ihn sehen?"

„Nein." Tchil schüttelte den Kopf. „Aber der Chonkor gehört zu den Wandlern und kann jegliche Gestalt annehmen. Er wird sich mit Sicherheit der Situation anpassen. Sei auf also der Hut!"

„Die Landschaft verändert sich auch wieder" sagte Lars. „Der Bachlauf mit dem Eisvogelbau verschwindet langsam."

„Nicht auch das noch. Ich kann nicht mehr", japste Rune.

„Sieht aus, als würde ein Hof mit vielen Gebäuden entstehen."

Abrupt hielt Rune mitten im Lauf inne und lauschte. „Was ist das für ein Geräusch?"

Lars und Tchil horchten angestrengt.

„Was meinst du? Ich höre nichts", sagte Lars.

„Doch, es muss bei mir ganz in der Nähe sein. Ich kann es atmen hören."

Kurz darauf sah Tchil, wie sich die Gräser direkt vor Rune bewegten, und ihm stockte der Atem, als er sah, was da im Gras auf Rune zukam: „Direkt vor dir Rune!"

Lars wollte gerade fragen, was Tchil gesehen hatte, als er eine schwarze Katze sah, die geduckt und lautlos genau auf die Stelle zu schlich, an der sich Rune befand. Auch Rune spürte die Gefahr. Etwas raschelte kaum hörbar in seiner unmittelbaren Nähe. Weil er nicht wusste, von wo das Rascheln kam, drehte er sich orientierungslos wie ein Kreisel im Kreis. Plötzlich brach unmittelbar neben ihm das Grauen aus den Gräsern. Rune blickte in zwei eiskalte und Tod ankündigende Augen, die ihn fixierten. Das war sein Ende. Fliehen war zwecklos. In weiter Ferne hörte er Tchil und Lars brüllen, die panisch versuchten, irgendeine Karte zu aktivieren. Doch als er das weit aufgerissene Maul über sich sah, wusste er, dass es zu spät war. Ein dunkler Schatten fiel wie ein Vorbote des Todes über ihn und das letzte, was er hörte, war das Krachen und Splittern von Knochen, die unter einem kräftigen Kiefer barsten.

Ich beginne mich zu erinnern.
Ich will nicht töten.

Grenzgängerin

Rune kam langsam wieder zu Bewusstsein, hielt die Augen aber weiterhin geschlossen und konzentrierte sich auf die Stimmen, die wie durch eine Art Nebel zu ihm durchdrangen. Er war sich sicher, Riekes Stimme zu hören. Aber das konnte nicht sein. Sie lag im Nachbarzelt und schlief wie die anderen tief und fest. Je mehr sich der Nebel in seinem Kopf lichtete, umso deutlicher konnte er hören, was gesprochen wurde, und die dazugehörigen Stimmen unterscheiden. Er lauschte und war sich sicher, dass es Rieke war, die Lars und Rune mit Fragen überhäufte und zwischendurch schluchzend den Namen ihrer Katze sagte. Etwas Nasses und Raues fuhr ihm durchs Gesicht, und er öffnete vorsichtig die Augen. Eine riesige schwarze Katze stand über ihn gebeugt und schleckte ihm schnurrend über das Gesicht.

„Das ist Lavundel. Sie will sich wohl dafür entschuldigen, dass sie dich mit ihrem Schwanz aus Versehen k.o. geschlagen hat", hörte er Rieke sagen, deren Stimme man anmerkte, dass sie mit der ganzen Situation völlig überfordert war.

Rune setzte sich auf und schaute sich um. Davon abgesehen, dass er nach wie vor so klein wie ein Eisvogel war, lag direkt neben ihm ein vom restlichen Körper abgetrennter Schlangenkopf, dessen Maul wie zum Angriff weit aufgerissen war. Als würde er über den Tod hinaus versuchen, seine Giftzähne in ihn zu schlagen. Rune schüttelte es bei dem Anblick und er wollte so schnell wie möglich aus Eikes Seele verschwinden, bevor die Angstsäer einen neuen Versuch starten würden, ihn zur Strecke zu bringen:

„Könnt ihr mich bitte auf normale Größe bringen und zurückholen?"

Da Tchil keine akute Bedrohung erkennen konnte, erlaubte er es Lars dieses Mal, in Eikes Seele zu springen und seinen Bruder zurückzuholen. Als Lars und Rune wenige Augenblicke später zusammen wieder im Zelt auftauchten, schrie Rieke schluchzend auf:

„Lavundel?"

„Alter, du hast dir die Katze geschnappt?", entfuhr es Lars, als er sah, dass Rune die schnurrende Lavundel im Arm hielt. „Die ist doch tot. Wie ist das möglich?"

„Es gibt keinen Tod", antwortete Tchil. „Alles geht lediglich in eine andere Dimension über und existiert in Parallelwelten weiter."

„Parallelwelten?" fragte Rune, der Rieke ihre Katze reichte, ohne den Blick von den beiden zu wenden.

„Du bist diesem Moment so, wie wir dich erleben. Gleichzeitig aber auch ein Baby, ein alter Mann oder gar tot, nur in verschiedenen Dimensionen beziehungsweise Welten. Daher der Name Parallelwelten. Wofür ich nur keine Erklärung habe, ist, wie die Katze den Übertritt in diese Welt geschafft hat."

„Liebe", flüsterte Rieke und gab Lavundel einen zarten Kuss auf den Kopf. Anschließend wandte sie sich geradewegs an Tchil:

„Wer oder was du auch bist und was ihr hier um Himmelswillen eigentlich macht, ist bestimmt nicht einfach zu erklären! Also fangt an. Ich bin ganz Ohr!"

Obwohl Rieke Tchil angesprochen hatte, war es Rune, der ihr alles von Anfang an erzählte und kein Detail ausließ.

„Das ist kein Traum, das ist alles wahr oder?" fragte Rieke sichtlich überwältigt, als er zu Ende erzählt hatte.

Rune ging zu ihr und kniff sie ohne Vorwarnung fest in den Arm. Doch anstatt sich über den schmerzhaften Kniff zu beschweren, lächelte sie und atmete erleichtert auf:

„Gott sei Dank, ich hatte also Recht. Es gibt viel mehr zwischen Himmel und Erde, als wir wissen und sehen können!"

„Wie, du hältst uns nicht für Spinner?" fragte Rune.

„Das mit den Ringen und dem besonderen Kartendeck ist schon crazy, okay. Aber alles andere, mit den Auren, Schatten- und Parallelwelten und so, ist für mich definitiv schon vorher vorstellbar gewesen. Und was hätte mich nach Lavundels Rückkehr heute noch wirklich überraschen sollen?"

Rune schaute Rieke fasziniert an. Er war so überrascht von ihren Äußerungen, dass er nicht wusste, was er sagen sollte.

„Nun schau mich nicht so an", sagte Rieke und fügte mit einem Grinsen an: „Ich sei, gewährt mir die Bitte, in eurem Bunde die Dritte."

Rune musste lachen:

„Deutsch bei Herrn Notbohm, alles klar. Goethe oder?"

„Schiller. Aber nicht so wichtig. Wichtig ist, dass wir Eike helfen!", antwortete Rieke.

Lars runzelte die Stirn:

„Kann Rieke denn auch einfach so zu den Lichtsammlern und Schattenspringern gehören?"

Ohne auf Lars Frage zu antworten, hob Tchil einen Arm, und Lars und Rune sahen, wie das goldene Licht auch Rieke dem Test unterzog, ob sie für die Aufgabe geeignet war. Als sich das

Licht aus Riekes Herz zurückgezogen hatte, sahen sie, dass Rieke Tränen in den Augen hatte.

„Welches Gefühl hat es bei dir ausgelöst?", wollte Lars wissen. Doch Rieke schüttelte den Kopf und wollte nicht darüber reden:

„Bin ich aufgenommen?"

Und als Tchil nickte, wischte sie sich die Tränen aus den Augen und sagte:

„Dann lasst uns planen, wie wir Eike helfen können!"

Lars runzelte die Stirn: „Wie denn? Wir müssen doch erst mal herausfinden, was Eike genau vorhat, und vor allen Dingen, wann er sich das Leben nehmen will."

„Livs Todestag ist in zwei Tagen", antwortete Rieke. „Ich denke, dass er den Tag ausgewählt hat, um es zu tun."

Rune nickte zustimmend:

„Wenn ich er wäre, würde ich das wohl auch symbolisch an diesem Tag machen. Aber wie bringen wir ihn davon ab?"

„Das schaffen wir nur, indem wir ihn davon überzeugen, dass er keine Schuld am Tod seiner Schwester hat. Und dafür müssten wir genau wissen, was an dem Tag passiert ist. Warum Liv beispielsweise ohne Schwimmflügel ins Wasser gegangen ist", schlug Rieke vor.

„Aber wie soll das gehen? Wir können nicht in Livs Seele springen, weil sie gestorben ist, und sonst weiß es ja niemand."

„Ich denke, dass es eine Lösung gibt", sagte Tchil. „Allerdings muss einer von euch dafür nochmal in Eikes Seele springen, und zwar genau in den Tag, als das Unglück passierte."

„Aber wieso?", erwiderte Lars. „Eike war ja bei dem Unglück gar nicht dabei. Wie sollen wir dadurch etwas Neues herausfinden?"

„Ihr könnt innerhalb seiner Seelenerinnerung in jede Person springen, die an dem Tag in seiner Umgebung anwesend war. Und somit auch in Liv, um herauszufinden, was geschehen ist."

„Ich springe jetzt bestimmt nicht nochmal", sagte Rune deutlich. „Das reicht mir für heute!"

„Genau, lasst uns erst mal schlafen. Es ist eh schon so spät", stimmte ihm Lars zu und hoffte insgeheim, dass sich in der Zwischenzeit eine andere Lösung finden würde. Doch Rieke war dagegen: „Nein, wir machen das gleich. Noch schläft er. Wer weiß, was morgen ist."

Lars seufzte, hatte aber keine überzeugenden Gegenargumente und erklärte sich schließlich bereit, den Sprung zu machen. Da er im Gegensatz zu Rune ein konkretes Datum für den Sprung in Eikes Seele wählen konnte, stellte er das Datum anhand der Ziffernblätter auf dem Ring ein. Als er die letzte Einstellung vorgenommen hatte, erwartete er, dass sich wie bei Rune ein Gesicht aus Farben zeigen würde, doch stattdessen spürte er nur ein leichtes Vibrieren, dass sich über seinen gesamten Körper ausbreitete. Er wollte gerade scherzen, dass es bei ihm nicht funktionieren würde, als er sich von einem Augenblick auf den anderen an einem Strand befand und Möwen über sich kreischen hörte. Er blickte angespannt nach oben, ob sich unter den Vögeln ein Chonkor befand, konnte aber nichts entdecken und bat die anderen, sorgsam aufzupassen, während er nach Eike und Liv Ausschau hielt. Doch so sehr er sich auch bemühte, er konnte sie nirgends entdecken.

„Geh doch mal zur Eisdiele. Vielleicht sitzen sie ja schon drin", schlug Rune vor. Aber Rieke hatte sie bereits entdeckt: „Muss er nicht. Sie sind nur ein paar Schritte hinter ihm."

Lars drehte sich um und sah Eikes Gesicht unmittelbar vor sich. Er hatte das Gefühl, ihn regelrecht spüren zu können, so real war die Begegnung. Neben ihm ging Post-Alex und gleich dahinter bummelte Liv mit ihrem Kuscheltier Honigbär. Lars wusste natürlich, dass ihn niemand sehen, spüren oder hören konnte. Schließlich hatte er einen Zeitsprung gemacht und war quasi unsichtbar für alle anderen. Als Liv an ihm vorbeiging, drehte sie langsam den Kopf zu ihm herum und schien ihm direkt in die Augen zu schauen. Er erschauderte. Konnte sie ihn etwa sehen? Ohne weiter darüber nachzudenken, ging er ihnen langsam hinterher und sah, wie sie kurz darauf vor ihm stehen blieben und sich unterhielten. Wenige Augenblicke später kehrte Liv um und ging mit ihrem Kuscheltier Richtung Strand zurück. Als sie an ihm vorbeiging, wollte er ihr folgen, um herauszufinden, was an ihrem Todestag geschehen war.

„Bleib und schau dir nicht an, wie ich sterbe."

Lars verharrte mitten in der Bewegung und blieb wie zur Salzsäule erstarrt stehen.

„Hast du gesehen, wie fröhlich Eike und ich miteinander waren?"

Eine kleine Hand legte sich auf seinen Arm und Lars schaute unsicher zur Seite. Neben ihm stand Liv und blickte ihm direkt in die Augen. Lars war überfordert mit der Situation. Wie konnte es sein, dass Liv in diesem Moment neben ihm stand und gleichzeitig Richtung Strand ging? Wie konnte sie überhaupt Kontakt zu ihm aufnehmen?

„Da wusste ich schon, dass ich sterben werde. Ich wollte aber, dass er mich fröhlich in Erinnerung behält."

Lars hatte sichtlich Mühe, seine Gedanken und Gefühle zu sortieren. Er räusperte sich und wollte etwas sagen, doch Liv kam ihm zuvor:

„Warum willst du etwas über meinen Tod wissen, Lars?"

„Du weißt, warum ich hier bin und wie ich heiße?" stotterte Lars verblüfft.

„Als ich dich vorhin zum ersten Mal gesehen hatte, konnte ich anhand deiner Aura erkennen, dass du zu den Lichtsammlern und Schattenspringern gehörst. Deinen Namen habe ich eher geahnt als gewusst, weil er auf deinem Trikot steht, das du anhast. Und da an diesem Tag hier nichts anderes als mein Tod passiert ist, was von Interesse für die Lichtsammler und Schattenspringer sein könnte, vermute ich mal, dass es darum geht. Was willst du also über meinen Tod wissen?"

„Wie du gestorben ist. Eike glaubt nämlich, dass er für deinen Tod verantwortlich ist."

„Du kennst Eike und er glaubt, dass er schuld an meinem Tod ist?"

„Ja, ich kenne ihn. Aber erst seit kurzem und es geht ihm überhaupt nicht gut, weil er davon überzeugt ist, dass er an deinem Tod schuld ist. Es ist daher wirklich wichtig für uns, zu wissen, was an dem Tag passiert ist, um ihm helfen zu können."

Liv schaute zu Eike hinüber, der darauf wartete, dass seine Schwester zurückkam:

„Ich hatte die beiden älteren Jungen, die an dem Tag ebenfalls gestorben sind, schon ein paar Tage vorher entdeckt und schnell gemerkt, dass sie menschliche Handlanger waren, die dem Schattenreich zuarbeiteten. Es waren Einzelgänger, ohne Auftrag aus dem Schattenreich, aber sie wollten einen ihrer Führer mit einer selbst geplanten Tat überraschen, um ihm zu imponieren. Aus diesem Grund planten sie daher, Eike zu entführen."

„Wieso ausgerechnet Eike?", fragte Lars.

„Weil er mein Bruder ist."

Lars schaute Liv verständnislos an.

„Ich bin eine Grenzgängerin, Lars. Das heißt, ich kann mich in allen Reichen, die existieren, frei bewegen, und es ist fast unmöglich, mich zu enttarnen. Diese beiden Typen hatten aber, als ich mich eines Tages kurz in ihrer Nähe aufhielt, durch einen unglaublichen Zufall herausgefunden, wer ich bin."

„Und wieso wollten sie deshalb Eike entführen?"

„Sie wollten, dass ich ihnen folge, um Eike zu retten, und bei dem Versuch hätten sie versucht, mich zu enttarnen, um vor ihrem Anführer Beachtung zu finden und belohnt zu werden."

„Eike wusste das alles also nicht?"

„Nein. Und er soll es auch nie erfahren."

„Dass du eine Grenzgängerin bist? Warum nicht?"

„Weil ich ihn liebe."

„Das ist keine…"

„Doch Lars, das ist die Antwort auf deine Frage."

„Aber wieso musstest du sterben? Hätte es nicht eine andere Möglichkeit gegeben?"

„Doch hätte es. Ich hätte die beiden Jungen ausschalten lassen und einfach weiterleben können, als wäre nichts geschehen. Mir wurde in den Tagen aber bewusst, dass, so gering die Gefahr auch war, mich zu enttarnen, sie bestehen bleiben würde, wenn ich auf der Erde bliebe. Das hatte dieser Zufall gezeigt. Ich hätte also immer Angst um Eike haben müssen, dass man ihn meinetwegen quält oder gar tötet. Und das wollte ich beenden."

„Aus Liebe?" fragte Lars.

„Aus Liebe!"

Beide schwiegen eine Weile und schauten Eike hinterher, der zurück zum Strand ging, um Liv zu suchen.

„Damit ich das richtig verstehe. Du hast an dem Tag ganz bewusst die Schwimmflügel abgenommen, um zu sterben, damit dich nie wieder jemand aus dem Schattenreich mit Eike in Verbindung bringen kann?"

„Ja, so war es. Und die beiden Jungen musste ich an dem Tag leider in eine Falle locken und mit mir ertrinken lassen. Ich wusste mir keinen anderen Rat."

„Hast du Eike seit dem Tag jemals wieder gesehen?"

„Nein. Auch wenn es mir das Herz gebrochen hat. Aber ich bin, um ihn zu schützen, nie wieder in seiner Nähe gewesen."

„Du hast auch sein Herz gebrochen", schluchzte Rieke leise, die es kaum ertragen konnte, Liv nach den ganzen Jahren auf dem Bildschirm lebendig vor sich zu sehen.

Als Liv Riekes Stimme hörte, füllten sich ihre Augen mit Tränen: „Rieke, du gehörst dazu?"

„Liv, bitte hilf ihm. Eike gibt sich allein die Schuld an deinem Tod und weil er dich so unendlich vermisst, will er sich an deinem Todestag umbringen, um endlich wieder mit dir zusammen sein zu können."

„Aber dann wäre mein Tod umsonst gewesen. Ich bin für ihn gestorben, damit er leben kann."

„Du musst mit ihm reden, Liv."

„Aber ich kann nicht. Ich darf ihn nicht in Gefahr bring…"

Weiter sagte sie nichts. Ihre Augen blickten ausdruckslos in die Ferne und ihr Körper wirkte komplett erstarrt, als wäre er wie ein Computerprogramm abgestürzt.

„Liv?" Lars versuchte sie an der Schulter zu berühren, griff aber durch sie hindurch und zog beklommen die Hand zurück. Er wusste nicht, was das zu bedeuten hatte. Er konnte auch keine Gefahr erkennen. Es war ein ruhiger Sommertag an der See, mit entspannten Eltern und glücklichen Kindern. Nur ein wider Erwarten stark aufkommender Wind riss dem einem oder anderem Kind den Lenkdrachen aus der Hand. Unvermittelt regte sich Liv neben ihm:

„Verschwinde. Sie wissen, dass du hier bist!"

Lars schaute sich hastig um. Er konnte aber nichts Verdächtiges entdecken: „Ich sehe nichts. Was meinst du?"

Liv versuchte, ihre Unruhe nicht zu zeigen:

„Ich habe dir doch gesagt, dass ich eine Grenzgängerin bin. Sie stehen bereits an der Schwelle zu dieser Welt. Nun mach schon."

„Wer? Und was ist mit Eike?"

Liv konnte ihre Unruhe nicht mehr länger unterdrücken:

„Verdammt nochmal. Tu einfach, was ich dir sage, wenn du hier heil rauskommen willst."

Lars versuchte den Ring so schnell wie möglich auf die richtige Zeit einzustellen. Doch gerade als er das letzte Ziffernblatt justieren wollte, streifte etwas glühend Heißes sein Handgelenk und er schrie vor Schmerz auf. Instinktiv schaute Lars zu der Wiese, auf der die Kinder ihre Drachen steigen ließen und sah, wie ein Lenkdrache nach dem anderen von der Schnur riss. Doch anstatt langsam gen Boden zu trudeln, glitten sie auf Lars und Liv zu. Wie gebannt starrte er auf die schemenhaften Wesen, die auf den Lenkdrachen standen und mit Schleudern bewaffnet waren. Etwas traf ihn an seinem rechten Fuß. Was war das? Die Hitze, die davon ausging, spürte er durch den Schuh bis auf seinen Knöchel. Doch es war nicht nur die Hitze, die ihn zusammenzucken ließ. Der klebrige graue Klumpen bewegte sich. Im nächsten Moment wurde er von Liv zu Boden gerissen und hörte, wie ein ganzer Schwarm der unbekannten Geschosse über sie hinwegfegte. Liv riss ihm den Schuh von seinem Fuß und schmiss ihn weit weg:

„Verdammt nochmal. Spring endlich, die nächsten werden ihr Ziel nicht verfehlen."

Lars versuchte am Boden liegend das letzte Ziffernblatt in die richtige Position zu drehen, doch seine Hände zitterten so sehr, dass er es nicht schaffte. Liv riss seine Hand mit dem Ring an sich und zischte: „Welche Zeit?"

Lars nannte sie ihr und das letzte, was er von Liv hörte, war:

„Sag Eike, dass ich ihn liebe. Dass wir uns wiedersehen werden. Aber nicht dadurch, dass er sich umbringt."

Ich darf nicht denken.
Er darf mich nicht entdecken.

Rückkehr

Kaum war Lars wieder bei den anderen, wollte er wissen, ob Liv den Angriff überlebt hatte. Aber das konnte ihm niemand sagen, da der Bildschirm in dem Augenblick erloschen war, als der Ring eingestellt und Lars im selben Moment zurückgesprungen war.

„Und wie erzählen wir das alles Eike, beziehungsweise was von dem Ganzen erzählen wir ihm?", fragte Lars in die Runde und bemerkte nicht, dass Blut von seinem Handgelenk tropfte. Rune sah sich die Wunde genauer an:

„Ich hole erst mal das Verbandszeug aus dem Haus. Du hast da ordentlich etwas abbekommen. Sieht irgendwie verbrannt aus".

Nachdem Rune das Verbandszeug geholt und ihn verbunden hatte, diskutierten sie eine Weile und kamen zu dem Entschluss, dass sie Eike erst nach dem Aufwachen von Liv erzählen sollten.

Völlig erschöpft krochen sie anschließend in ihre Zelte und wollten nur noch schlafen. Lars und Rune hatten sich allerdings noch nicht mal in ihre Schlafsäcke gelegt, als Putzi und Blacky hereingestürmt kamen und unablässig ihre Aufmerksamkeit einforderten.

„Mist! Rune, wir haben ganz vergessen, sie zu füttern."

„Wirf ihnen einfach zwei von deinen veganen Bratwürsten hin. Ich steh nicht noch mal auf. Ich kann nicht mehr."

„Ne, ne. Außerdem bin ich genauso fertig wie du. Du kommst schön mit."

Seufzend erhob sich Rune und folgte seinem Bruder unwillig. Kaum hatten sie den Hintereingang erreicht, stoben Putzi und Blacky wie von der Tarantel gestochen Richtung Friedhof davon. Lars pfiff hinter ihnen her. Doch sie kamen nicht zurück und blieben in der Dunkelheit verschwunden.

„So groß kann ihr Hunger ja nicht gewesen sein, wenn sie einfach weglaufen", sagte Lars verärgert und ging weiter Richtung Haus. „Dann geh ich kurz rein und hole mir neue Schuhe. Habe keine Lust, weiter nur mit einem Schuh hier herumzustolpern."

„Warte. Ich glaube, irgendetwas ist nicht in Ordnung." Rune lauschte. „Hörst du nicht auch ein Winseln?"

„Was soll da nicht in Ordnung sein? Sie werden irgendeine Katze aufgescheucht haben und winselnd vor ihrem Versteck sitzen."

„Nein, das hört sich anders an. Komm, lass uns nachsehen."

„Hast du sie noch alle? Erstens höre ich nichts

und zweitens gehe ich doch jetzt nicht auf den Friedhof."

In dem Augenblick setzte ein Gejaule ein, als würden ihre Hunde zu Tode gequält werden. Lars und Rune rannten ohne nachzudenken Hals über Kopf in die Richtung, aus der das grässliche Geheul kam, aber so vehement, wie es eingesetzt hatte, so schnell verstummte es auch wieder. Lars und Rune blieben mitten auf dem Friedhof stehen und hatten keine Ahnung, wo ihre Hunde abgeblieben waren. Sie schauten sich um und Rune meinte, nicht weit von ihnen in der Dunkelheit entfernt etwas zu erkennen. Zögernd ging er ein paar Schritte darauf zu: „Verflucht, das kann doch nicht…", dann brach seine Stimme abrupt ab, als würde ihm jemand die Hand auf den Mund pressen.

„Rune?", fragte Lars in die Dunkelheit spähend. „Ist alles okay?" Er lauschte. Keine Antwort. Absolute Stille. Er schaltete die Taschenlampen an seinem Handy ein und ging mit zitternden Beinen zu der Stelle, wo er Rune vermutete. Nichts. Langsam leuchtete er die rechte Seite des Gehweges ab, konnte aber auch dort weder eine Spur von seinem Bruder noch von ihren Hunden entdecken. Doch sobald er den Lichtkegel auf die andere Seite des Weges schwenkte, gefror ihm das

Blut in den Adern. Nur wenige Schritte von ihm entfernt lag Rune mit dem Gesicht nach unten neben einem geöffneten Grab. Lars realisierte sofort, dass es nicht irgendein Grab, sondern das des Engelbrechers war und ihm sackten vor Angst kurzerhand die Beine weg. Kaum, dass er begriffen hatte, dass er hart auf dem Gehweg aufgeschlagen und kurz besinnungslos gewesen war, wurde er auch schon wieder auf die Beine gezerrt. Nur verschwommen sah er das Gesicht von Herrn Stahl vor sich, der mit Rune über der Schulter vor ihm stand und ihn mit verwirrtem Blick anstarrte:

„Lauf oder stirb, mein Junge!"

FSC
www.fsc.org
MIX
Papier | Fördert
gute Waldnutzung
FSC® C083411

Zeitfracht Medien GmbH
Ferdinand-Jühlke-Straße 7
99095 Erfurt, Deutschland
produktsicherheit@kolibri360.de